shiji
wenxue
jingdian

世纪文学经典

戴望舒 著

戴望舒精选集

北京燕山出版社
BEIJING YANSHAN PRESS

"世纪文学60家"书系总策划：
白烨、陈骏涛、倪培耕、贺绍俊、张红梅

"世纪文学60家"评选专家名单：
（以姓氏笔画为序）

丁　帆　　南京大学中文系教授
王中忱　　清华大学中文系教授
王晓明　　华东师范大学中文系教授
王富仁　　汕头大学中文系教授
白　烨　　中国社会科学院文学研究所研究员
孙　郁　　鲁迅博物馆研究员
吴思敬　　首都师范大学文学院教授
陈思和　　复旦大学中文系教授
陈晓明　　北京大学中文系教授
陈骏涛　　中国社会科学院文学研究所研究员
陈子善　　华东师范大学中文系教授
孟繁华　　沈阳师范大学教授
於可训　　武汉大学文学院教授
杨匡汉　　中国社会科学院文学研究所研究员
杨　义　　中国社会科学院文学研究所研究员
张　炯　　中国社会科学院文学研究所研究员
张　健　　北京师范大学文学院教授
张中良　　中国社会科学院文学研究所研究员
赵　园　　中国社会科学院文学研究所研究员
洪子诚　　北京大学中文系教授
贺绍俊　　沈阳师范大学教授
谢　冕　　北京大学中文系教授
程光炜　　中国人民大学中文系教授
雷　达　　中国作家协会创研部研究员
黎湘萍　　中国社会科学院文学研究所研究员

出版前言

"世纪文学 60 家"书系的创编与推出,旨在以名家联袂名作的方式,检阅和展示 20 世纪中国文学所取得的丰硕成果与长足进步,进一步促进先进文化的积累与经典作品的传播,满足新一代文学爱好者的阅读需求。

为使"世纪文学 60 家"书系的评选、出版活动,既体现文学专家的学术见识,又吸纳文学读者的有益意见,我们采取了专家评选与读者投票相结合的方式。我们依据 20 世纪华文作家在中国现当代文学史上的地位与影响,经过反复推敲和斟酌,确定了 100 位作家及其代表作作为候选名单。其后,又约请 25 位中国现当代文学专家组成"世纪文学 60 家"评选委员会,在 100 位候选人名单的基础上进行书面记名投票,以得票多少为顺序,产生了"世纪文学 60 家"的专家评选结果。为了吸纳广大读者对 20 世纪华文作家及作品的相关看法和阅读意向,我们与"新浪网·读书频道"的全力合作,展开了为期两个月的"华文'世纪文学 60 家'全民网络大评选"活动。2005 年 12 月 16 日,读者评选结果在"新浪网·读书频道"正式公布。为了使"世纪文学 60 家"的评选与编选,能够比较客观地反映专家和读者两方面的意见,经过反复协商,最终以各占 50% 的权重,得出了"世纪文学 60 家"书系入选名单。

"世纪文学 60 家"书系入选作家,均以"精选集"的方式收入其代表性的作品。在作品之外,我们还约请有关专家、学者撰写了研究性序言,编制了作家的创作要目,为读者了解作家作品、创作特点和其在文学史上的地位,提供必要的导读和更多的资讯。

"世纪文学60家"评选结果

排名	作家	专家评分	读者评分	评选结果	排名	作家	专家评分	读者评分	评选结果
1	鲁 迅	100	100	100	31	赵树理	85	55	70
2	张爱玲	100	97	98.5	32	梁实秋	67	71	69
3	沈从文	100	96	98	33	郭沫若	70	65	67.5
4	老 舍	94	94	94	33	陈忠实	67	68	67.5
4	茅 盾	100	88	94	35	张恨水	64	70	67
6	贾平凹	94	92	93	36	苏 童	58	75	66.5
7	巴 金	94	90	92	36	冰 心	51	82	66.5
7	曹 禺	100	84	92	38	穆 旦	78	52	65
9	钱钟书	80	99	89.5	39	丁 玲	78	47	62.5
10	余 华	85	92	88.5	40	顾 城	29	95	62
11	汪曾祺	100	76	88	41	舒 婷	51	69	60
12	徐志摩	85	89	87	42	张承志	67	51	59
12	莫 言	94	80	87	43	王 朔	45	72	58.5
14	王安忆	94	77	85.5	44	刘震云	58	58	58
15	金 庸	70	98	84	45	韩少功	54	57	55.5
15	周作人	94	74	84	46	阿 城	54	56	55
17	朱自清	70	93	81.5	47	张 洁	64	44	54
18	郁达夫	78	83	80.5	48	三 毛	22	85	53.5
19	戴望舒	94	66	80	49	铁 凝	51	53	52
20	史铁生	80	79	79.5	50	张 炜	60	40	50
20	北 岛	78	81	79.5	50	李劼人	78	22	50
22	孙 犁	94	62	78	52	宗 璞	64	33	48.5
22	王 蒙	78	78	78	53	郭小川	58	36	47
24	艾 青	94	60	77	53	柳 青	58	36	47
25	余光中	78	73	75.5	55	施蛰存	51	42	46.5
26	白先勇	85	64	74.5	56	张贤亮	42	49	45.5
27	萧 红	85	61	73	56	刘 恒	64	27	45.5
27	路 遥	60	86	73	56	高晓声	45	46	45.5
29	闻一多	78	67	72.5	56	李 锐	51	40	45.5
30	林语堂	54	87	70.5	60	徐 訏	45	43	44

目 录

都市中的"丁香"………… 郑成志 001

诗歌编

我底记忆 …………………… 003
旧锦囊 ……………………… 003
夕阳下/003/寒风中闻雀声/004/自家伤感/005/生涯/005/流浪人的夜歌/006/断章/007/凝泪出门/008/可知/008/静夜/009/山行/010/残花的泪/011/十四行/012

雨　巷 ……………………… 013
不要这样盈盈地相看/013/回了心儿吧/014/忧郁/015/残叶之歌/015/闻曼陀铃/016/雨巷/017

目录

我底记忆 ………………… **019**
我底记忆/019/路上的小语/021/林下的小语/022/夜是/023/独自的时候/023/秋天/024/对于天的怀乡病/025/断指/026

望舒草 ………………… **028**
印象/028/到我这里来/029/祭日/029/烦忧/031/百合子/031/八重子/032/梦都子/033/我的素描/034/单恋者/035/老之将至/036/秋天的梦/037/前夜/038/我的恋人/038/村姑/039/野宴/041/三顶礼/041/二月/042/小病/043/款步（一）/043/款步（二）/044/过时/045/有赠/045/游子谣/046/秋蝇/047/夜行者/048/微辞/049/妾薄命/050/少年行/050/旅思/051/不寐/051/深闭的园子/052/灯/053/寻梦者/054/乐园鸟/055

望舒诗稿 ………………… **057**
古神祠前/057/见毋忘我花/058/微笑/059/霜花/060

目录

灾难的岁月 …………………… 061
古意答客问/061/灯/062/秋夜思/063/小曲/064/赠克木/065/眼/066/夜蛾/068/寂寞/069/我思想/070/元日祝福/070/白蝴蝶/071/致萤火/071/狱中题壁/072/我用残损的手掌/073/心愿/075/等待/076/等待其二/076/过旧居初稿/078/过旧居/078/示长女/081/在天晴了的时候/083/赠内/084/萧红墓畔口占/085/口号/085/偶成/086

集外拾佚 …………………… 087
流水/087/我们的小母亲/088/昨晚/089/无题/091/御街行/091/夜坐/091/狼和羔羊（寓言诗）/092/生产的山（寓言诗）/094/抗日民谣（四首）/095/断章/096/断篇/096/小诗/097

散文编

夜莺……………………………… 101
山居杂缀………………………… 102
我的旅伴………………………… 105
鲍尔陀一日……………………… 111

在一个边境的站上…………… 117
西班牙的铁路………………… 123
再生的波兰…………………… 130
都德的一个故居……………… 134
记马德里的书市……………… 139
巴黎的书摊…………………… 144
香港的旧书市………………… 150
记诗人许拜维艾尔…………… 154
梅里美小传…………………… 163
悼杜莱塞……………………… 171
望舒诗论……………………… 175
谈林庚的诗见和"四行诗"……… 177
诗论零札……………………… 184
唐诗研究(节选)……………… 187
《爱经》译本序 ……………… 195
《紫恋》译后记 ……………… 197
《星座》创刊小言 …………… 200
跋《山城雨景》……………… 201
十年前的《星岛》和《星座》……… 203

我的辩白 …………… 207
致杨静信二则 …………… 211
航海日记 …………… 219
林泉居日记 …………… 230

创作要目 …………… 郑成志 256

（本书目由郑成志选定）

都市中的"丁香"

郑成志

一

戴望舒(1905—1950),浙江杭州人。原名戴朝寀,曾用笔名郎芳、艾昂甫、方仁、杜万、孙城、陈御月、江文生等。早年就读于杭州宗文中学,1923年考入上海大学中文系,1924年到震旦大学特别班读法文,翌年升入法科一年级。1931年赴法国留学,先后就读于巴黎大学、里昂中法大学,1935年回国。1938年赴香港,参加抗日宣传活动。1942年香港沦陷后被日军逮捕,后被保释。"二战"结束后于1946年回上海,在上海师范专科学校任教。1948年重赴香港,1949年回到北京,1950年2月28日因肺气肿病逝。

戴望舒一生主要从事写作和编辑活动,大学时代开始写诗,曾参与创办《璎珞》旬刊(1926,他本人亦在该刊第一期首次发表新诗《凝泪出门》)、"第一线书店"(1928,并出版《无轨列车》半月刊)、"水沫书店"(1929,并出版《新文艺》月刊)、《现代》月刊(1932)、《新诗》月刊(1937)、《顶点》(1939)、《中国作家》(英文版,1939)等。著有诗集《我底记忆》《望舒草》《望舒诗稿》《灾难的岁月》。

在从事创作和编辑活动的同时,戴望舒在他短暂的一生中,曾翻译了数量巨大的外国文学名著,其中主要有:西班牙作家伊巴涅斯的《良夜幽情曲》,法国作家夏多布里昂的《少女之誓》,夏尔·贝洛的《鹅妈妈的故事》,穆杭的《天女玉丽》,法国的古弹词《屋卡珊和尼谷莱特》,陀尔诺夫人的《青色鸟》《美人与野兽》《法兰西现代短篇集》,梅里美的《高龙芭》,高莱特的《紫恋》,浦尔惹的《弟子》,波德莱尔的《恶之华掇英》,前苏联里特进斯基的《一周间》,伊可维支的《唯物史观的文学论》,伊凡诺夫的《铁甲车》,本约明·高力里的《苏联诗坛逸话》,《西班牙短篇小说选》,《意大利短篇小说集》,《比利时短篇小说集》,英国莎士比亚的《麦克倍斯》等。

二

戴望舒生前自编过四本诗集。《我底记忆》于1929年4月由上海水沫书店初版发行,同年11月再版。它是戴望舒自编的第一本诗集,收辑了他自1924年至1929年5年间的诗作二十六首,编为《旧锦囊》《雨巷》《我底记忆》三辑。《旧锦囊》辑录早期诗作十二首,从中可以看出,戴望舒是带着我国旧诗(特别是晚唐诗家)、英国颓废派诗人道生以及法国消极浪漫派的影响步入我国新诗坛的。《雨巷》所辑,反映出作者对诗的音乐美、诗的形象的流动性和主题的朦胧性的追求;法国早期象征派诗人魏尔伦的意象的"模糊和精密紧密结合"、把强烈的情绪寓于朦胧的意象中等主张,对他影响甚为明显。而从《我底记忆》辑中的某些诗作,可以感受到诗人致力于诗的感觉、情绪、诗风的自由淳朴和口语化的追求,显然,果尔蒙、耶麦、保尔·福尔等法国后期象征派诸家的创作和理论,给了他新的启示。三辑诗反映了作者五年间诗歌创作的三段历程,而作者将第一辑取名为《旧锦囊》,显然有否定它们的含义。

《我底记忆》尽管是戴望舒的第一本诗集,但它已奠定了戴望舒在中国现代汉语诗坛的地位,而集子中的《雨巷》更为诗人赢得了"雨巷诗人"的称号。《雨巷》是现代汉语诗歌实验的一个里程碑。它在中国现代诗歌史中的重要性,不仅仅体现了对李金发式诗歌的生硬移植现象的克服,说明中国诗人在驾驭象征主义诗歌风格和技巧方面已经渐入佳境;更重要的是,戴望舒通过象征主义内外和应的本体论美学,一方面打通了深入现代人的感觉世界的道路,另一方面重新发现了中国诗歌"以象写意"的抒情传统在现代诗歌中再生的可能性。《雨巷》寻求现代"诗质"的一个突出特点,是不再依赖现代世界的表象,不再像郭沫若那样对声光电气的现代世界充满好奇和憧憬,而是注重表现人在这个喧嚣世界中迷惘的内心状态。许多读者都注意到了,这首诗转化了中国古典诗词的一些传统意象,特别是集美丽、高洁、愁绪三位一体的"丁香"意象,曾分别出现在杜甫、李商隐、李璟的诗词中,意象所蕴涵的怅惘和伤感,具有东方美学情调。然而,更值得注意的,还有这一比喻意象与情境的关系:诗人好像用颓圮的篱墙隔开现代尘世的纷扰,以便彷徨徘徊的抒情主人公展开他的情绪与幻觉。这是一个寂寥的世界,静得可以听见春雨落在油纸伞上的声音和鞋底接触地面的声音。那个像梦一般飘过的、丁香一样结着愁怨的姑娘,并不是实指,而是一个象征,一个"雨巷"情景中诗歌抒情主人公的内心幻觉,"她"因景而生,又与景互动相生,构成了这首诗朦胧神秘的气氛。而诗中不断分行造成的缓慢,仿佛是抒情主人公在前行又像是原地徘徊的脚步成就了这首诗罕见的音乐美。在结构上,

《雨巷》始于寻找,继而进入记忆与幻觉,最终复归惆怅。但结尾不是开头一节的简单重复,不仅是一种诗歌技巧上的照应,幻觉中与芬芳忧郁的丁香姑娘擦肩而过的"相逢",暗示着寻求永远无法与愿望重合的意识,因而雨巷最终变成了一个象征,并变得更加深不可测。诗人为什么把人们带入这样一个远离喧嚣尘世的语言世界,为什么希望相逢的是一个有着古典色彩却又有现代迷惘的丁香姑娘,同时又把这种相逢写成了一个飘忽的梦?这是不是体现了诗人与现代的紧张关系?诸多戴望舒的研究者联系"五四"以来年青知识分子求解放的历程,阐述《雨巷》中抒情主人公的寻求与失落的内心惆怅,这当然是对的。但《雨巷》并不直接指向社会,而是进入到记忆和梦境的世界。这里的记忆混合着个人的情感经验和对传统文化的深情眷念,是向后看的;这里的梦境也不是憧憬式的、指向未来的,而是怀乡式的。这不仅由于戴望舒直接写过题为《我底记忆》《寻梦者》这样的著名诗篇,更在于"在满积着的梦的灰尘中抽烟,/沉想着消逝了的音乐"(《独自的时候》)式的品味记忆和梦境的态度:他喜欢记忆的忠实,喜欢它的声息,它的唠叨、琐碎、古旧和重复;他不喜欢鲜亮的色彩,"见了你朝霞的颜色,/便感到我落月的沉哀",因而更愿意"彳亍在微茫的山径,/让梦香吹上了征衣"(《山行》),然而梦来的时候虽然是轻的、静的,而梦本身"却载着沉重的昔日"(《秋天的梦》),所以诗的抒情主人公认为自己是"辽远国土的怀念者"。在另一首诗中,他将此命名为《对于天的怀乡病》:

> 怀乡病,怀乡病,
> 这或许是一切有一张有些忧郁的脸,

一颗悲哀的心,
而且老是缄默着,
还抽着一支烟斗的
人们的生涯吧。

怀乡病,哦,我呵,
我也是这类人之一,
我呢,我渴望着回返
到那个天,到那个如此青的天,
在那里我可以生活又死灭,
像在母亲的怀里,
一个孩子笑着和哭着一样。

我呵,我真是一个怀乡病者,
是对于天的,对于那如此青的天的,
在那里我可以安安地睡着
没有半边头风,没有不眠之夜,
没有心的一切的烦恼,
这心,它,已不是属于我的,
而有人已把它抛弃了,
像人们抛弃了敝屣一样。

  诗第一节是一个很生动的怀乡者的雕像,诗中说话者认同自己患着这种类型的疾病,并在第三节强调自己被它折磨得失眠、头痛,像一个空心人,但却不认为自己怀念的是有实在时空意义上的故乡,而是"渴望着回返/到那个天,到那个如此青的天"。那么,"那个如此青的天"指的是什么?或许根据第二节母子关系的意象,有的研究者认为是潜意识里对子宫的回忆,这是带点弗洛伊德精神分析色彩的阐述,很有新意,但根据象征主义的逻辑,恐怕落得过实,或许理解为病的对立象征物便已足够。它与《雨巷》中那个丁香姑娘相似,是一个混合着记忆与梦想的意象;它的功能也与《雨巷》通过进入记忆与梦想表现现在的惆怅相同,表现的是现代都市人的"怀乡病"。

《望舒草》是戴望舒自编的第二本诗集,于1932年赴法留学时在法国编定,1933年8月由上海现代书局列入"现代创作丛刊"出版单行本。全书收集了1929年出版的《我底记忆》中《我底记忆》辑内诗七首;1929年后至1932年留法前的诗作三十四首,共计四十一首。书末附录《诗论零札》17条,卷首是杜衡作的序文。《望舒草》在戴望舒的诗作中具有代表性,显示了象征派诗歌艺术的特征,诸如感觉的灵敏、相通;感觉与情绪的微妙对应;以现代人的口语入诗,摈弃诗的"音乐成分";追求诗风的朴素自然,等等。诗人经过不断的探索,几经变革,终于找到了"新的诗应该有新的情绪和表现这情绪的形式",完成了"为自己制最合自己的脚的鞋子"的工作,形成他独特的抒情诗的艺术风格,从而为中国的新诗做出了独特的贡献。从整部《望舒草》集子来看,戴望舒尽管"走出"了充满着怀旧的、追忆的、伤感的情绪基调,表现着对于"如此青的天"的怀乡式的追寻。不过,从《我底记忆》笼罩在烟气中杂乱置放的笔、粉盒、酒瓶,人们会更明显看到一个患着城市病的知识分子的幽闭与感伤。有谁比戴望舒更好地写出了在加速了的现代时间面前内心深处的寂寞不安?艾略特曾以公共与私人空间中介场所咖

啡馆,描写"用咖啡匙量尽了自己的生命"的现代人,而戴望舒则在《我的素描》中直接告诉你:

  辽远的国土的怀念者,
  我,我是寂寞的生物。

  假如把我自己描画出来,
  那是一幅单纯的静物写生。

  我是青春和衰老的集合体,
  我有健康的身体和病的心。

  ……

在《现代》创刊号发表的诗《过时》中,则干脆提供了一个"年轻的老人"的形象:

  老实说,我是一个年轻的老人了:
  对于秋草秋风是太年轻了,
  而对于春月春花却又太老。

这个"年轻的老人"的抒情形象是一个矛盾的复合体,表现的正是现代中国诗人对现代生活的矛盾心理。就如戴望舒另一首诗《乐园鸟》所写,人类被逐出了"乐园"进入现代之后,不知道"这是幸福的云游呢,/还是永恒的苦役"。他甚至怀疑繁华的背后是历

史的荒芜:

> 自从亚当,夏娃被逐后,
> 那天上的花园已荒芜到怎样了?

从以上这些有代表性的诗作中可以看出戴望舒的这个集子依然是忧伤缅怀式的,特别是在面对现代都市生活时的异己感和陌生感已成为《望舒草》中一种独特的景观。

《望舒诗稿》是戴望舒的第三本诗集,于1937年1月由上海杂志公司出版,收辑了《我底记忆》与《望舒草》两集的全部作品和新作《古神祠前》《见毋忘我花》《微笑》《霜花》四首,全书共收诗六十三首。书末除附录《论诗零札》外,还附了自己译为法文的诗六首。总的说来,《望舒诗稿》不是一本理想的结集。一方面,戴望舒刚从法国回来,生活相对拮据,为了补贴家用仓促编订而成;另一方面,出版商觉得戴望舒的诗有销路,因而也竭力促成诗集的早日出版。这样造成诗集在排字、校对上出现了不少错误,使这本诗集出现诸多的不尽人意之处。

《灾难的岁月》收辑的是戴望舒1934年5月至1945年5月抗战胜利前夕的诗作,共二十五首,这些都是以前未曾编辑出版过的,戴望舒把它编成第四本诗集,也是他生前自编的最后一本诗集。这些后期诗作显示了作者诗风的又一嬗变。首先在主题和情调上有了新的突破,由过去吟唱怀旧、寂寞的都市病到高歌"新的年岁带给我们新的力量/祝福!我们的人民/坚苦的人民,英勇的人民/苦难会带来自由解放"(《元日祝福》)。在《狱中题壁》中,诗中的说话人提醒人民应该记住为国捐躯的战斗者,和侵略者作持久的战斗,直到胜利为止。与这一主题类似的诗还有《我用残损的手掌》《心愿》《等待其二》《口号》等。这个集子所展示的反法西斯、反侵略的爱国主义基调与前几个集子中所展示的歌咏个人的悲欢离合、忧伤怀旧基调对比起来可以说是一个巨大的突破。从中我们也可看出戴望舒的诗歌创作(包括翻译)在这一场民族战争中的嬗变。

有些人不喜欢戴望舒表现都市忧郁病的诗,余光中就认为:"戴诗意境之病,一为空洞……另一为低沉,甚至消沉。"具体说来,前者是觉得戴诗往往依附于梦、记忆等一些抽象的东西,"没有哲理的探讨,缺乏玄学的机智和深度",像《我底记忆》"这样的主题,到了玄学派或美国女诗人狄瑾苏手里,才有好戏可看。戴望舒的处理是失败的"。后者是因为这些诗没能摆脱"低迷的自我",表现出"自怜自弃,向命运投降"的倾向,认为"真正的悲剧往往带有英雄的自断,哲人的自嘲,仍能予人清醒、崇高、升华之感,决不消沉"。[①] 余光中说得自然有道理,但无论从写法方面,还是从风格方面,他用的都是现代主义诗歌的衡量标准,而戴望舒本质上却是一个比较多地接受了象征主义影响的现代抒情诗人,他没有创造一个自成一体的诗歌世界与平庸守旧的现实世界抗衡的现代主义英雄气质。像大多数抒情诗人那样,戴望舒面对的是个人记忆与梦幻。因为是"个人的",所以他的诗既不追求意象派诗歌的具体性,也不通向现代主义的非个人化;因为是"记忆"与"梦",不是面对一个行动着的现实世界,所以"空洞",多是感觉和想象而没有现实的"内容"。但是我们能否向想象的语言世界要求生活世界的具体内

---

① 余光中:《评戴望舒的诗(1975)》。见《余光中选集》,第三卷,安徽教育出版社。

容,能否向寻找微妙的情绪感觉和朦胧神秘气氛的象征主义索要哲理和玄学的意趣? 我们该如何对记忆与梦想两者纠缠迎拒下灵魂的挣扎保持必要的理解与同情? 戴望舒主张"诗是由真实经过想象而出来的,不单是真实,亦不单是想象"①,所指的真实是什么? 在这篇后来总题为《诗论零札》的不足一千字的语录式诗话中,为什么仅提及"诗情"的地方就有十一处之多,而且主要也是讨论"诗情"的表达问题? 为什么他的诗中"我"这一直接的抒情形象那么拥挤而不像典型的象征派诗歌重视"客观对应物"? 现代汉语诗歌在现代性寻求过程中有它自己要解决的基本问题,就不会也不可能完全跟着别人的思潮走,我们也不能简单根据西方诗歌思潮、流派的特点处理中国的诗歌文本。

戴望舒与李金发的不同,正在于他能立足于自己的感情和表达的需要去接受象征主义诗歌。李金发的诗是借中国人之手写的法国象征派诗歌,他的"弃妇"可以说是波德莱尔散文诗描写的巴黎寡妇的姊妹;戴望舒则以个人的体温融化了西方象征主义诗歌的一些色彩,把它改造成了一种个人的抒情形式,为对现代生活有着强烈的不适感的、生着郁郁寡欢的都市病的人,打开了一条通向记忆和幻想的道路。的确,戴望舒是一个优秀的抒情诗人而不是一个伟大的诗人,他的诗境界不大,诗魂柔弱,正如朱光潜所批评的那样,"视野似乎还太狭窄,……感觉似乎还太偏,甚至于还没有脱离旧时代诗人的感觉事物的方式。"②但历史的看,戴望舒的诗通过返回个人记忆和梦想的方式推进了现代汉语诗歌对现代"诗质"

---

① 戴望舒:《望舒诗论》。见《现代》,1932 年第二卷第一期。后题为《诗论零札》作为附录分别收入《望舒草》和《望舒诗稿》。
② 朱光潜:《望舒诗稿》。见《文学杂志》,1937 年 5 月创刊号。

的探求。就近来看,如前所说,他不再像李金发那样移植西方诗歌,而是用中国的抒情传统嫁接了西方的象征主义诗歌,从而沟通了象征主义诗歌与现实中国经验和古典情调隔着一层的状态。就远一点看,经由个人记忆、梦想的"返回"和象征技巧的运用,更新了"新诗"的"自我"形象,使之少了许多"五四"诗歌的浮泛色彩,有了更多的血肉感和真切感。

  从现代汉语诗歌的历史发展看,戴望舒是中国诗歌现代性寻求的一个重要的中介,无论从经验的意义上还是从技艺的意义上,现代汉语诗歌都需要戴望舒这样一条通过"返回"来抵达现代的道路。因为有了戴望舒的诗歌,"新"与"旧"似乎不那么势不两立了;因为有了戴望舒对城市病象的一唱三叹,人们对以城市发展为标志的现代生活的感情变得复杂起来了。杜衡说:"在望舒之前,也有人把象征派那种作风搬到中国底诗坛上来,然而搬来的却正是'神秘',是'看不懂',那些我以为是要不得的成分。望舒底意见虽然没有像我这样绝端,然而他也以为从中国那时所有的象征诗人身上是无论如何也看不出这一派诗风底优秀来的。因而他自己为诗便力矫此弊,不把对形式的重视放在内容之上……很少架空的感情,铺张而不虚伪,华美而有法度。倒的确走的诗歌底正路。"①由此看来,戴望舒是自觉追求西方影响的中国化的。

  并不是前瞻、眺望才能走向现代,"回返"也能抵达现代,通往现代的道路是多条的。很难想象,没有戴望舒这个中介,没他记忆与梦想的"调剂",现代主义诗歌实验会在20世纪30年代吸引那么多的诗歌作者与读者。

---

① 杜衡:《望舒草·序》。

三

在戴望舒短暂的一生中,他不仅创作了脍炙人口、影响巨大的诗歌,翻译了大量外国诗歌和小说;同时他还创作了大量的散文。这些散文不仅有非常个人化的生活感悟式的散文,还有留法期间的所见所闻、西班牙旅行记、外国作家评传;甚至包括中国古代小说和戏曲研究论文。在这些散文中尤其以《山居杂缀》《我的旅伴》《鲍尔陀一日》《在一个边境的站上》《西班牙的铁路》等为精美,也使读者看到戴望舒创作的另一种景致。

《山居杂缀》是一篇写个人生活的散文,其中包括《山风》《雨》《树》《失去的园子》四个片段。这篇散文是在抗日战争取得胜利、国共两党又起纷争的背景下创作的。戴望舒在上海因为支持进步的学生运动又遭到国民党法院的通缉,不得不离开大陆再次赴港避难。尽管这篇优美的散文感情缠绵而幽深,然而境界却颇高。在《山风》这个片段中,他含蓄地借山风来寄托自己的情思:"敬礼啊,山风!我敞开窗门欢迎你,我敞开衣襟欢迎你。"从中我们可以看出戴望舒一颗炽热的爱国之心,希望能早日看到祖国从灾难中解脱出来;在《失去的园子》中作者为没有自己耕种的土地而忧伤苦恼,当妻子通过其他方式终于为他找到可以耕种的园地时,戴望舒却写道"那不是我的园地,我要我自己的园地",我们从中可以看到作者对自己"园地"的思念,同时我们是不是可以说成是作家希望早日回到祖国母亲的怀抱呢?

戴望舒对西班牙有独特的感情,他不但欣赏西班牙沙里纳恩、狄戈、阿尔贝蒂、阿尔托拉吉雷、加菲亚斯等诗人的创作,也喜爱阿索林、阿耶拉等作家的作品,他将这些诗歌、小说和散文翻译成中文,让广大中国读者更多地了解西班牙文学。戴望舒在四篇《西班牙旅行记》中绘声绘色地勾勒了西班牙的风貌和人情。在《一个边境的站上》,戴望舒用夹叙夹议的描绘写出了"西班牙的存在是多方面的":首先他以自己丰富渊博的历史知识勾勒出历史上的、艺术上的西班牙,但他认为这只是"表面的西班牙";紧接着他把自己的情感赋予西班牙的大自然,以飘逸潇洒、疏朗俊秀的文字描写了"西班牙的第二个存在——风景的西班牙";可是,他并没有满足于对历史和风景的西班牙的了解,他要让读者了解的是真正的西班牙——西班牙人,他用精彩的文字、生动的叙述将西班牙人活动的画卷呈现在读者的面前:

  这个存在是西班牙的底奥,它蕴藏着整个西班牙,用一种静默的语言向你说着整个西班牙,代表着它的每日的生活,象征着它的永恒的灵魂。这个西班牙的存在是卑微至于闪避你的注意,静默至于好像绝灭,可是如果你能够留意观察,用你的小心去理解,那么你就可以把握住这个卑微而静默的存在,特别是在那些小城中。这是一个式微的,悲剧的,现实的存在,没有光荣,没有梦想。现在,你在清晨或是午后走进任何一个小城去吧。你在狭窄的小路上,在深深的平静中徘徊着。阳光从静静的闭着门的阳台上坠下来,落着一个砌着碎石的小方场。什么也不来搅扰这寂静;街坊上的叫卖声在远处寂灭了,寺院的钟声已消沉下去了。你穿过小方场,经过一个作坊,一切任何作坊,铁匠底、木匠底或羊毛匠底。你伫立一会儿,看着他们带着那一种的热心,坚忍和爱操作着;你来到一所大屋子前面:半开着的门已朽腐了,门环上满是铁锈,涂着石灰的白墙已经斑驳或生满黑霉了,从门间,你望见了被野草和草苔所侵占了的院子。你当然不推门进去,但是在这墙后面,在这门里面,你会感到有苦痛、沉哀或不遂的愿望静静地躺着。你再走上去,街路上依然是沉静的,一个喷泉淙淙地响着,三两只鸽子振羽作声。一个老妇扶着一个女孩佝偻着走过。寺院的钟迟迟地响起来了,又迟迟地消歇了。……这就是最深沉的西班牙,它过着一种寒伧、静默、坚忍而安命的生活,但是它却具有怎样的使人充塞了深深的爱的魅力啊。而这个小小的车站呢,它可不是也将这奥秘的西班牙呈显给我们看了吗?

这神奇、浓郁的地方色彩、异域风情,确使中国读者感到神往。戴望舒作为一个中国诗人初次踏上西班牙的土地,怀着对西班牙优美风景、古老文明和发达文化的崇敬心情,熟练地运用清新淳朴的语言,十分生动地写出了西班牙的悠久历史、自然风光和人生世态。

在《西班牙的铁路》这篇旅行记中戴望舒主要叙述了近现代文明与传统的古老的田园牧歌式生活的冲突。戴望舒在文章的一开头就引用俄罗斯田园诗人叶赛宁对恬静的乡村被铁路所侵扰而发出的绝望的哀歌,接着他又引了华盛顿·欧文和乔治·鲍罗对大自然旖旎风光的描绘,以及阿索林对火车通过西班牙平原的情景的叙述,加上作者对阻挠西班牙建造铁路的历史所做的考证,从而得出结论:"从这些看来,我们可以见到这'铁的生客'在西班牙是遇到了多么冷漠的款待，多么顽强的抵抗。那些生野的西班牙人宁可让自己深闭在他们的家园里（真的，西班牙是一个大园林），亲切地，沉默地看着那些熟稔的花开出来又凋谢，看着那些祖先所抚摩过的遗物渐渐地涂上了岁月底色泽；而对于一切不速之客，他们都怀着一种隐隐的憎恨。"但是，历史的车轮是任何人也阻挡不住的，科学在发展，人的认识应该跟上这个步伐，只有这样社会才能前进，人类才能不断有所发现。在文章的最后，作者的内心独白用低徊的声调，委婉优美的文字，娓娓写来，赏心悦目，亲切感人：

在我前面，两条平行的铁轨在清晨的太阳下闪着光，一直延伸出去，然后在天涯消隐了。现在，西班牙已不再拒绝这"铁的生客"了。它翻过了西班牙的重重的山峦，驰过了它的广阔的平原，跨过它的潺湲的溪涧，湛湛的江河，披拂着它的晓雾暮霭，掠过它的松树的针，白杨的叶，橙树的花，喷着浓厚的黑烟，发着刺耳的汽笛声，隆隆的车轮声，每日地，在整个西班牙骤急地驰骋着了。沉在梦想中的西班牙人，你们感到有点轻微的怅惘吗，你们感到有点轻微的惋惜吗？

而我，一个东方古国的梦想者，我就要跟着这"铁的生客"，怀着进香者一般虔诚的心，到这梦想的国土中来巡礼了。生野的西班牙人，生野的西班牙土地，不要对我有什么顾虑吧。我只不过来谦卑地，小心地，静默地分一点你们的太阳，你们的梦，你们的怅惘和你们的惋惜而已。

从这些精彩的散文片段中我们可以看到与戴望舒诗歌非常不一样的风格和情致：戴望舒的许多诗篇流露过多的忧郁和悲伤，而在他的这些游记散文中却绝少这种伤感低沉的调子，他将历史知识和现代文明、眼前景色与自己的亲身感受融合起来，使文章妥帖自然、清新隽永，使读者觉得亲切有味的同时也了解了西班牙人。诸如此类的文章还有《都德的一个故居》《记马德里的书市》《巴黎的书摊》《香港的旧书市》等等。

纵观戴望舒一生的文学创作，从现代汉语诗歌史的角度看，他接通了中国古典诗歌与西方现代诗歌，使中国新诗真正走上了"现代性"寻求的道路。从他的散文创作来看，尽管戴望舒的诗名掩盖了他作为一名优秀的散文家的名气，但他在散文创作中所体现的谈天说地、引经据典、清新隽永的风格又使我们看到了戴望舒的散文创作与他的诗歌创作截然不同的情感和独特的文化情怀。

诗歌编

我底记忆

旧锦囊

夕阳下

晚云在暮天上散锦,
溪水在残日里流金;
我瘦长的影子飘在地上,
像山间古树底寂寞的幽灵。

远山啼哭得紫了,
哀悼着白日底长终;
落叶却飞舞欢迎
幽夜底衣角,那一片清风。

荒冢里流出幽古的芬芳,
在老树枝头把蝙蝠迷上,
它们缠绵琐细的私语

在晚烟中低低地回荡。

幽夜偷偷地从天末归来，
我独自还恋恋地徘徊；
在这寂寞的心间，我是
消隐了忧愁，消隐了欢快。

寒风中闻雀声

枯枝在寒风里悲叹，
死叶在大道上萎残；
雀儿在高唱薤露歌，
一半儿是自伤自感。

大道上寂寞凄清，
高楼上悄悄无声，
只那孤岑的雀儿
伴着孤岑的少年人。

寒风吹老了树叶，
又来吹老少年底华鬓，
更在他底愁怀里
将一丝的温馨吹尽。

唱啊，我同情的雀儿，
唱破我芬芳的梦境；

吹吧,你无情的风儿,
吹断了我飘摇的微命。

自家伤感

怀着热望来相见,
冀希从头细说,
偏你冷冷无言;
我只合踏着残叶
远去了,自家伤感。

希望今又成虚,
且消受终天长怨。
看风里的蜘蛛,
又可怜地飘断
这一缕零丝残绪。

生　　涯

泪珠儿已抛残,
只剩了悲思。
无情的百合啊,
你明丽的花枝。
你太娟好,太轻盈,
使我难吻你娇唇。

人间伴我的是孤苦,
白昼给我的是寂寥;
只有那甜甜的梦儿
慰我在深宵:
我希望长睡沉沉,
长在那梦里温存。

可是清晨我醒来
在枕边找到了悲哀:
欢乐只是一幻梦,
孤苦却待我生挨!
我暗把泪珠哽咽,
我又生活了一天。

泪珠儿已抛残,
悲思偏无尽,
啊,我生命底慰安!
我屏营待你垂悯:
在这世间寂寂,
朝朝只有呜咽。

流浪人的夜歌

残月是已死的美人,
在山头哭泣嘤嘤,
哭她细弱的魂灵。

怪枭在幽谷悲鸣,
饥狼在嘲笑声声
在那残碑断碣的荒坟。

此地是黑暗底占领,
恐怖在统治人群,
幽夜茫茫地不明。

来到此地泪盈盈,
我是颠连飘泊的孤身,
我要与残月同沉。

断　　章

不要说爱还是恨,
这问题我不要分明:
当我们提壶痛饮时,
可先问是酸酒是芳醇?

愿她温温的眼波
荡醒我心头的春草:
谁希望有花儿果儿?
但愿在春天里活几朝。

凝泪出门

昏昏的灯,
溟溟的雨,
沉沉的未晓天;
凄凉的情绪;
将我底愁怀占住。

凄绝的寂静中,
你还酣睡未醒;
我无奈踯躅徘徊,
独自凝泪出门:
啊,我已够伤心。

清冷的街灯,
照着车儿前进:
在我底胸怀里,
我是失去了欢欣,
愁苦已来临。

可　　知

可知怎的旧时的欢乐
到回忆都变作悲哀,
在月暗灯昏时候

重重地兜上心来，
　　啊，我底欢爱！

为了如今惟有愁和苦，
朝朝的难遣难排，
恐惧以后无欢日，
愈觉得旧时难再，
　　啊，我底欢爱！

可是只要你能爱我深，
只要你深情不改，
这今日的悲哀，
会变作来朝的欢快，
　　啊，我底欢爱！

否则悲苦难排解，
幽暗重重向我来，
我将含怨沉沉睡，
睡在那碧草青苔，
　　啊，我底欢爱！

静　夜

像侵晓蔷薇底蓓蕾
含着晶耀的香露，
你盈盈地低泣，低着头，

你在我心头开了烦忧路。

你哭泣嘤嘤地不停,
我心头反覆地不宁;
这烦忧是从何处生,
使你堕泪,又使我伤心?

停了泪儿啊,请莫悲伤,
且把那原因细讲,
在这幽夜沉寂又微凉,
人静了,这正是时光。

山　行

见了你朝霞的颜色,
便感到我落月的沉哀,
却似晓天的云片,
烦怨飘上我心来。

可是不听你啼鸟的娇音,
我就要像流水地呜咽,
却似凝露的山花,
我不禁地泪珠盈睫。

我们彳亍在微茫的山径,
让梦香吹上了征衣,

和那朝霞,和那啼鸟,
和你不尽的缠绵意。

残花的泪

寂寞的古园中,
明月照幽素,
一枝凄艳的残花
对着蝴蝶泣诉:

我的娇丽已残,
我的芳时已过,
今宵我流着香泪,
明朝会萎谢尘土。

我的旖艳与温馨,
我的生命与青春
都已为你所有,
都已为你消受尽!

你旧日的蜜意柔情
如今已抛向何处?
看见我憔悴的颜色,
你啊,你默默无语!

你会把我孤凉地抛下,

独自蹁跹地飞去,
又飞到别枝春花上,
依依地将她恋住。

明朝晓日来时
小鸟将为我唱薤露歌;
你啊,你不会眷顾旧情
到此地来凭吊我!

十四行

微雨飘落在你披散的鬓边,
像小珠碎落在青色的海带草间
或是死鱼飘翻在浪波上,
闪出神秘又凄切的幽光;

诱着又带着我青色的灵魂
到爱和死底梦的王国中睡眠,
那里有金色的空气和紫色的太阳,
那里可怜的生物将欢乐的眼泪流到胸膛;

就像一只黑色的衰老的瘦猫,
在幽光中我憔悴又伸着懒腰,
流出我一切虚伪和真诚的骄傲;
然后,又跟着它踉跄在轻雾朦胧;
像淡红的酒沫飘在琥珀钟,
我将有情的眼藏在幽暗的记忆中。

雨 巷

不要这样盈盈地相看

不要这样盈盈地相看,
把你伤感的头儿垂倒,
静,听啊,远远地,在林里,
在死叶上的希望又醒了。

是一个昔日的希望,
它沉睡在林里已多年;
是一个缠绵烦琐的希望,
它早在遗忘里沉湮。

不要这样盈盈地相看,
把你伤感的头儿垂倒,
这一个昔日的希望,
它已被你惊醒了。

这是缠绵烦琐的希望,
如今已被你惊起了,
它又要依依地前来
将你与我烦扰。

不要这样盈盈地相看,
把你伤感的头儿垂倒,
静,听啊,远远地,从林里,
惊醒的昔日的希望来了。

回了心儿吧

回了心儿吧,Ma chère ennemie①,
我从今不更来无端地烦恼你。

你看我啊,你看我伤碎的心,
我惨白的脸,我哭红的眼睛!

回来啊,来一抚我伤痕,
用盈盈的微笑或轻轻的一吻。

Aime un peu!② 我把无主的灵魂付你:
这是我无上的愿望和最大的冀希。

回了心儿吧,我这样向你泣诉,
Un peu d'amour, pour moi; c'est déjà trop!③

---

① 法文,意为"亲爱的冤家"。
② "Aime un peu!"法文,意为:"给我一点爱!"
③ 法文,意为:给我一点爱,对我来说已是太多了!

忧　郁

我如今已厌看蔷薇色，
一任她娇红披满枝。

心头的春花已不更开，
幽黑的烦忧已到我欢乐之梦中来。

我底唇已枯，我底眼已枯，
我呼吸着火焰，我听见幽灵低诉。

去吧，欺人的美梦，欺人的幻象，
天上的花枝，世人安能痴想。

我颓唐地在挨度这迟迟的朝夕！
我是个疲倦的人儿，我等待着安息。

残叶之歌

男　子

你看，湿了雨珠的残叶
静静地停在枝头，
（湿了珠泪的微心，
轻轻地贴在你心头。）

它踌躇着怕那微风
吹它到缥缈的长空。

女　　子

你看，那小鸟曾经恋过枝叶，
如今却要飘忽无迹。
（我底心儿和残叶一样，
你啊，忍心人，你要去他方。）

它可怜地等待着微风，
要依风去追逐爱者底行踪。

男　　子

那么，你是叶儿，我是那微风，
我曾爱你在枝上，也爱你在街中。

女　　子

来啊，你把你微风吹起，
我将我残叶底生命还你。

闻曼陀铃

从水上飘起的，春夜的 Mandoline，
你咽怨的亡魂，孤冷又缠绵，
你在哭你底旧时情？

你徘徊到我底窗边,
寻不到昔日的芬芳,
你惆怅地哭泣到花间。

你凄婉地又重进我纱窗,
还想寻些坠鬓的珠屑——
啊,你又失望地咽泪去他方。

你依依地又来到我耳边低泣;
啼着那颓唐哀怨之音;
然后,懒懒地,到梦水间消歇。

雨　　巷

撑着油纸伞,独自
彷徨在悠长,悠长
又寂寥的雨巷,
我希望逢着
一个丁香一样地
结着愁怨的姑娘。

她是有
丁香一样的颜色,
丁香一样的芬芳,
丁香一样的忧愁,
在雨中哀怨,

哀怨又彷徨;

她彷徨在这寂寥的雨巷,
撑着油纸伞
像我一样,
像我一样地
默默彳亍着,
冷漠,凄清,又惆怅。

她静默地走近
走近,又投出
太息一般的眼光,
她飘过
像梦一般地,
像梦一般地凄婉迷茫。

像梦中飘过
一枝丁香地,
我身旁飘过这女郎;
她静默地远了,远了,
到了颓圮的篱墙,
走尽这雨巷。

在雨的哀曲里,
消了她的颜色,
散了她的芬芳,

消散了,甚至她的
太息般的眼光,
她丁香般的惆怅。

撑着油纸伞,独自
彷徨在悠长,悠长
又寂寥的雨巷,
我希望飘过
一个丁香一样地
结着愁怨的姑娘。

我底记忆

我底记忆

我底记忆是忠实于我的,
忠实得甚于我最好的友人。

它存在在燃着的烟卷上,
它存在在绘着百合花的笔杆上,
它存在在破旧的粉盒上,
它存在在颓垣的木莓上,
它存在在喝了一半的酒瓶上,
在撕碎的往日的诗稿上,在压干的花片上,

在凄暗的灯上，在平静的水上，
在一切有灵魂没有灵魂的东西上，
它在到处生存着，像我在这世界一样。

它是胆小的，它怕着人们底喧嚣，
但在寂寥时，它便对我来作密切的拜访。
它底声音是低微的，
但是它底话是很长，很长，
很多，很琐碎，而且永远不肯休：
它底话是古旧的，老是讲着同样的故事，
它底音调是和谐的，老是唱着同样的曲子，
有时它还模仿着爱娇的少女底声音，
它底声音是没有气力的，
而且还夹着眼泪，夹着太息。

它底拜访是没有一定的，
在任何时间，在任何地点，
甚至当我已上床，朦胧地想睡了；
人们会说它没有礼貌，
但是我们是老朋友。

它是琐琐地永远不肯休止的，
除非我凄凄地哭了，或是沉沉地睡了：
但是我是永远不讨厌它，
因为它是忠实于我的。

路上的小语

——给我吧，姑娘，那朵簪在你发上的
小小的青色的花，
它是会使我想起你底温柔来的。

——它是到处都可以找到的，
那边，你看，在树林下，在泉边，
而它又只会给你悲哀的记忆的。

——给我吧，姑娘，你底像花一样地燃着的，
像红宝石一样地晶耀着的嘴唇，
它会给我蜜底味，酒底味。

——不，它只有青色的橄榄底味，
和未熟的苹果底味，
而且是不给说谎的孩子的。

——给我吧，姑娘，那在你衫子下的
你的火一样的，十八岁的心，
那里是盛着天青色的爱情的。

——它是我的，是不给任何人的，
除非别人愿意把他自己底真诚的
来作一个交换，永恒地。

林下的小语

走进幽暗的树林里
人们在心头感到了寒冷,
亲爱的,在心头你也感到寒冷吗,
当你拥在我怀里
而且把你的唇粘着我底的时候?

不要微笑,亲爱的,
啼泣一些是温柔的,
啼泣吧,亲爱的,啼泣在我底膝上,
在我底胸头,在我底颈边。
啼泣不是一个短促的欢乐。

"追随我到世界的尽头,"
你固执地这样说着吗?
你说得多傻!你去追随天风吧!
我呢,我是比天风更轻,更轻,
是你永远追随不到的。

哦,不要请求我的心了!
它是我的,是只属于我的。
什么是我们的恋爱的纪念吗?
拿去吧,亲爱的,拿去吧,
这沉哀,这绛色的沉哀。

夜　　是

夜是清爽而温暖；
飘过的风带着青春和爱底香味，
我的头是靠在你裸着的膝上，
你想笑，而我却哭了。

温柔的是缢死在你底发上，
它是那么长，那么细，那么香；
但是我是怕着，那飘过的风
要把我们底青春带去。

我们只是被年海底波涛
挟着飘去的可怜的 épaves，
不要讲古旧的 romance 和理想的梦国了，
纵然你有柔情，我有眼泪。
我是怕着：那飘过的风
已把我们底青春和别人底一同带去了；
爱呵，你起来找一下吧，
它可曾把我们底爱情带去。

独自的时候

房里曾充满过清朗的笑声，
正如花园里充满过蔷薇；

人在满积着的梦的灰尘中抽烟,
沉想着消逝了的音乐。

在心头飘来飘去的是什么啊,
像白云一样地无定,像白云一样地沉郁?
而且要对它说话也是徒然的,
正如人徒然地向白云说话一样。

幽暗的房里耀着的只有光泽的木器,
独语着的烟斗也黯然缄默,
人在尘雾的空间描摹着惨白的裸体
和烧着人的火一样的眼睛。

为自己悲哀和为别人悲哀是一样的事,
虽然自己的梦是和别人的不同的,
但是我知道今天我是流过眼泪,
而从外边,寂静是悄悄地进来。

秋　　天

再过几日秋天是要来了,
默坐着,抽着陶器的烟斗,
我已隐隐地听见它的歌吹
从江水的船帆上。

它是在奏着管弦乐:

这个使我想起做过的好梦；
从前我认它是好友是错了，
因为它带了忧愁来给我。

林间的猎角声是好听的，
在死叶上的漫步也是乐事，
但是，独身汉的心地我是很清楚的，
今天，我是没有闲雅的兴致。

我对它没有爱也没有恐惧，
我知道它所带来的东西的重量，
我是微笑着，安坐在我的窗前，
当浮云带着恐吓的口气来说：秋天要来了，望舒先生！

对于天的怀乡病

怀乡病，怀乡病，
这或许是一切有一张有些忧郁的脸，
一颗悲哀的心，
而且老是缄默着，
还抽着一支烟斗的
人们的生涯吧。

怀乡病，哦，我呵，
我也是这类人之一，
我呢，我渴望着回返

到那个天,到那个如此青的天,
在那里我可以生活又死灭,
像在母亲的怀里,
一个孩子笑着和哭着一样。

我呵,我真是一个怀乡病者,
是对于天的,对于那如此青的天的,
在那里我可以安安地睡着
没有半边头风,没有不眠之夜,
没有心的一切的烦恼,
这心,它,已不是属于我的,
而有人已把它抛弃了,
像人们抛弃了敝屣一样。

断　　指

在一口老旧的,满积着灰尘的书橱中,
我保存着一个浸在酒精瓶中的断指;
每当无聊地去翻寻古籍的时候,
它就含愁地向我诉说一个使我悲哀的记忆。

它是被截下来的,从我一个已牺牲了的朋友底手上,
它是惨白的,枯瘦的,和我的友人一样,
时常萦系着我的,而且是很分明的,
是他将这断指交给我的时候的情景:

"为我保存着这可笑又可怜的恋爱的纪念吧,望舒,
在零落的生涯中,它是只能增加我的不幸的了。"
他的话是舒缓的,沉着的,像一个叹息,
而他的眼中似乎是含着泪水,虽然微笑是在脸上。

关于他的"可怜又可笑的爱情"我是一些也不知道。
我知道的只是他是在一个工人家里被捕去的,
随后是酷刑吧,随后是惨苦的牢狱吧,
随后是死刑吧,那等待着我们大家的死刑吧。

关于他"可笑又可怜的爱情"我是一些也不知道。
他从未对我谈起过,即使在喝醉了酒时;
但是我猜想这一定是一段悲哀的故事,他隐藏着,
他想使它跟着截断的手指一同被遗忘了。

这断指上还染着油墨底痕迹,
是赤色的,是可爱的,光辉的赤色的,
它很灿烂地在这截断的手指上,
正如他责备别人底懦怯的目光在我们底心头一样。

这断指常带了轻微又粘着的悲哀给我,
但是它在我又是一件很有用的珍品,
每当为了一件琐事而颓丧的时候,我会说:
"好,让我拿出那个玻璃瓶来吧。"

望舒草

印　象

是飘落深谷去的
幽微的铃声吧,
是航到烟水去的
小小的渔船吧,
如果是青色的真珠;
它已堕到古井的暗水里。

林梢闪着的颓唐的残阳,
它轻轻地敛去了
跟着脸上浅浅的微笑。

从一个寂寞的地方起来的,
迢遥的,寂寞的呜咽,
又徐徐回到寂寞的地方,寂寞地。

到我这里来

到我这里来,假如你还存在着,
全裸着,披散了你的发丝:
我将对你说那只有我们两人懂得的话。

我将对你说为什么蔷薇有金色的花瓣,
为什么你有温柔而馥郁的梦,
为什么锦葵会从我们的窗间探首进来。

人们不知道的一切我们都会深深了解,
除了我的手的颤动和你的心的奔跳;
不要怕我发着异样的光的眼睛,
向我来:你将在我的臂间找到舒适的卧榻。

可是,啊,你是不存在着了,
虽则你的记忆还使我温柔地颤动,
而我是徒然地等待着你,每一个傍晚,
在菩提树下,沉思地,抽着烟。

祭　　日

今天是亡魂的祭日,

我想起了我的死去了六年的友人。
或许他已老一点了,怅惜他爱娇的妻,
他哭泣着的女儿,他剪断了的青春。

他一定是瘦了,过着飘泊的生涯,在幽冥中,
但他的忠诚的目光是永远保留着的,
而我还听到他往昔的熟稔有劲的声音,
"快乐吗,老戴?"(快乐,唔,我现在已没有了。)

他不会忘记了我:这我是很知道的,
因为他还来找我,每月一二次,在我梦里,
他老是饶舌的,虽则他已归于永恒的沉寂,
而他带着忧郁的微笑的长谈使我悲哀。

我已不知道他的妻和女儿到哪里去了,
我不敢想起她们,我甚至不敢问他,在梦里;
当然她们不会过着幸福的生涯的,
像我一样,像我们大家一样。

快乐一点吧,因为今天是亡魂的祭日;
我已为你预备了在我算是丰盛了的晚餐,
你可以找到我园里的鲜果,
和那你所嗜好的陈威士忌酒。
我们的友谊是永远地柔和的,
而我将和你谈着幽冥中的快乐和悲哀。

烦　忧

说是寂寞的秋的悒郁,
说是辽远的海的怀念。
假如有人问我烦忧的原故,
我不敢说出你的名字。

我不敢说出你的名字,
假如有人问我烦忧的原故:
说是辽远的海的怀念,
说是寂寞的秋的悒郁。

百 合 子[①]

百合子是怀乡病的可怜的患者,
因为她的家是在灿烂的樱花丛里的;
我们徒然有百尺的高楼和沉迷的香夜,
但温煦的阳光和朴素的木屋总常在她缅想中。

她度着寂寂的悠长的生涯,
她盈盈的眼睛茫然地望着远处;
人们说她冷漠的是错了,
因为她沉思的眼里是有着火焰。

---

① 日本舞女名。

她将使我为她而憔悴吗?
或许是的,但是谁能知道?
有时她向我微笑着,
而这忧郁的微笑使我也坠入怀乡病里。

她是冷漠的吗?不。
因为我们的眼睛是秘密地交谈着;
而她是醉一样地合上了她的眼睛的,
如果我轻轻地吻着她花一样的嘴唇。

八重子①

八重子是永远地忧郁着的,
我怕她会郁瘦了她的青春。
是的,我为她的健康望虑着,
尤其是为她的沉思的眸子。

发的香味是簪着辽远的恋情,
辽远到要使人流泪;
但是要使她欢喜,我只能微笑,
只能像幸福者一样地微笑。

因为我要使她忘记她的孤寂,

---

① 日本舞女名。

忘记萦系着她的渺茫的乡思,
我要使她忘记她在走着
无尽的,寂寞的凄凉的路。

而且在她的唇上,我要为她祝福,
为我的永远忧郁着的八重子,
我愿她永远有着意中人的脸,
春花的脸,和初恋的心。

梦都子①

致霞村

她有太多的蜜饯的心——
在她的手上,在她的唇上;
然后跟着口红,跟着指爪,
印在老绅士的颊上,
刻在醉少年的肩上。

我们是她年青的爸爸,诚然,
但也害怕我们的女儿到怀里来撒娇,
因为在蜜饯的心以外,
她还有蜜饯的乳房,
而在撒娇之后,她还会放肆。

---

① 日本舞女名。

你的衬衣上已有了贯矢的心,
而我的指上又有了纸捻的约指,
如果我爱惜我的秀发,
那么你又该受那心愿的忤逆。

我的素描

辽远的国土的怀念者,
我,我是寂寞的生物。

假如把我自己描画出来,
那是一幅单纯的静物写生。

我是青春和衰老的集合体,
我有健康的身体和病的心。

在朋友间我有爽直的声名,
在恋爱上我是一个低能儿。

因为当一个少女开始爱我的时候,
我先就要栗然地惶恐。

我怕着温存的眼睛,
像怕初春青空的朝阳。

我是高大的,我有光辉的眼;

我用爽朗的声音恣意谈笑。

但在悒郁的时候,我是沉默的,
悒郁着,用我二十四岁的整个的心。

单恋者

我觉得我是在单恋着,
但是我不知道是恋着谁:
是一个在迷茫的烟水中的国土吗,
是一枝在静默中零落的花吗,
是一位我记不起的陌路丽人吗?
我不知道。
我知道的是我的胸膨胀着,
而我的心悸动着,像在初恋中。

在烦倦的时候,
我常是暗黑的街头的踯躅者,
我走遍了嚣嚷的酒场,
我不想回去,好像在寻找什么。
飘来一丝媚眼或是塞满一耳腻语,
那是常有的事。
但是我会低声说:
"不是你!"然后踉跄地又走向他处。

人们称我为"夜行人",

尽便吧,这在我是一样的;
真的,我是一个寂寞的夜行人。
而且又是一个可怜的单恋者。

老之将至

我怕自己将慢慢地慢慢地老去,
随着那迟迟寂寂的时间,
而那每一个迟迟寂寂的时间,
是将重重地载着无量的怅惜的。

而在我坚而冷的圈椅中,在日暮,
我将看见,在我昏花的眼前
飘过那些模糊的暗淡的影子:
一片娇柔的微笑,一只纤纤的手,
几双燃着火焰的眼睛,
或是几点耀着珠光的眼泪。

是的,我将记不清楚了:
在我耳边低声软语着
"在最适当的地方放你的嘴唇"的,
是那樱花一般的樱子①吗?

---

① 樱子,日本妇女名。

那是茹丽莎①吗，飘着懒倦的眼
望着她已卸了的锦缎的鞋子？……
这些，我将都记不清楚了，
因为我老了。

我说，我是担忧着怕老去，
怕这些记忆凋残了，
一片一片地，像花一样；
只留着垂枯的枝条，孤独地。

秋天的梦

迢遥的牧女的羊铃，
摇落了轻的树叶。

秋天的梦是轻的，
那是窈窕的牧女之恋。

于是我的梦是静静地来了，
但却载着沉重的昔日。

唔，现在，我是有一些寒冷，
一些寒冷，和一些忧郁。

---

① 茹丽莎，法语的音译，妇女名。此处用以指诗人心目中的美女。

前　夜

一夜的纪念，呈呐鸥兄①

在比志步尔启碇的前夜，
托密②的衣袖变作了手帕，
她把眼泪和着唇脂拭在上面，
要为他壮行色，更加一点粉香。

明天会有太淡的烟和太淡的酒，
和磨不损的太坚固的时间，
而现在，她知道应该有怎样的忍耐：
托密已经醉了，而且疲倦得可怜。

这的橙花香味的南方的少年，
他不知道明天只能看见天和海——
或许在"家，甜蜜的家"里他会康健些，
但是他的温柔的亲戚却要更瘦，更瘦。

我的恋人

我将对你说我的恋人，
我的恋人是一个羞涩的人，

---

① 呐鸥，即刘呐鸥（1900—1939），二十世纪三十年代作家。
② 托密，一日本舞女的绰名。

她是羞涩的,有着桃色的脸,
桃色的嘴唇,和一颗天青色的心。

她有黑色的大眼睛,
那不敢凝看我的黑色的大眼睛——
不是不敢,那是因为她是羞涩的;
而当我依在她胸头的时候,
你可以说她的眼睛是变换了颜色,
天青的颜色,她的心的颜色。

她有纤纤的手,
它会在我烦忧的时候安抚我,
她有清朗而爱娇的声音,
那是只向我说着温柔的,
温柔到销熔了我的心的话的。

她是一个静娴的少女,
她知道如何爱一个爱她的人,
但是我永远不能对你说她的名字,
因为她是一个羞涩的恋人。

村　　姑

村里的姑娘静静地走着,
提着她的蚀着青苔的水桶;
溅出来的冷水滴在她的跣足上,

而她的心是在泉边的柳树下。

这姑娘会静静地走到她的旧屋去,
那在一棵百年的冬青树荫下的旧屋,
而当她想到在泉边吻她的少年,
她会微笑着,抿起了她的嘴唇。

她将走到那古旧的木屋边,
她将在那里惊散了一群在啄食的瓦雀,
她将静静地走到厨房里,
又静静地把水桶放在干刍边。

她将帮助她的母亲造饭,
而从田间回来的父亲将坐在门槛上抽烟,
她将给猪圈里的猪喂食,
又将可爱的鸡赶进它们的窠里去。

在暮色中吃晚饭的时候,
她的父亲会谈着今年的收成,
他或许会说到她的女儿的婚嫁,
而她便将羞怯地低下头去。

她的母亲或许会说她的懒惰,
(她打水的迟延便是一个好例子,)
但是她会不听到这些话,
因为她在想着那有点鲁莽的少年。

野　宴

对岸青叶荫下的野餐,
只有百里香和野菊作伴;
河水已洗涤了碍人的礼仪,
白云遂成为飘动的天幕。

那里有木叶一般绿的薄荷酒,
和你所爱的芬芳的腊味,
但是这里有更可口的芦笋
和更新鲜的乳酪。

我的爱软的草的小姐,
你是知味的美食家:
先尝这开胃的饮料,
然后再试那丰盛的名菜。

三顶礼

引起寂寂的旅愁的,
翻着软浪的暗暗的海,
我的恋人的发,
受我怀念的顶礼。

恋之色的夜合花,

佻佻的夜合花，
我的恋人的眼，
受我沉醉的顶礼。

给我苦痛的螫的，
苦痛的但是欢乐的螫的，
你小小的红翅的蜜蜂，
我的恋人的唇，
受我怨恨的顶礼。

二　月

春天已在野菊的头上逡巡着了，
春天已在斑鸠的羽上逡巡着了，
春天已在青溪的藻上逡巡着了，
绿荫的林遂成为恋的众香国。

于是原野将听倦了谎话的交换，
而不载重的无邪的小草
将醉着温软的皓体的甜香；

于是，在暮色冥冥里
我将听了最后一个游女的惋叹，
拈着一支蒲公英缓缓地归去。

小　病

从竹帘里漏进来的泥土的香,
在浅春的风里它几乎凝住了;
小病的人嘴里感到了莴苣的脆嫩。
于是遂有了家乡小园的神往。

小园里阳光是常在芸苔的花上吧,
细风是常在细腰蜂的翅上吧,
病人吃的莱菔的叶子许被虫蛀了,
而雨后的韭菜却许已有甜味的嫩芽了。

现在,我是害怕那使我脱发的饕餮了,
就是那滑腻的海鳗般美味的小食也得斋戒,
因为小病的身子在浅春的风里是软弱的,
况且我又神往于家园阳光下的莴苣。

款步（一）

这里是爱我们的苍翠的松树,
它曾经遮过你的羞涩和我的胆怯,
我们的这个同谋者是有一个好记性的,
现在,它还向我们说着旧话,但并不揶揄。

还有那多嘴的深草间的小溪,

我不知道它今天为什么缄默：
我不看见它，或许它已换一条路走了，
饶舌着，施施然绕着小村而去了。

这边是来做夏天的客人的闲花野草，
它们是穿着新装，像在婚筵里，
而且在微风里对我们作有礼貌的礼敬，
好像我们就是新婚夫妇。

我的小恋人，今天我不对你说草木的恋爱，
却让我们的眼睛静静地说我们自己底，
而且我要用我的舌头封住你的小嘴唇了，
如果你再说：我已闻到你的愿望的气味。

款步（二）

答应我绕过这些木棚，
去坐在江边的游椅上。
啮着沙岸的永远的波浪，
总会从你投出着的素足
撼动你抿紧的嘴唇的。
而这里，鲜红并寂静得
与你底嘴唇一样的枫林间，
虽然残秋的风还未来到，
但我已经从你的缄默里，
觉出了它的寒冷。

过　时

说我是一个在怅惜着，
怅惜着好往日的少年吧，
我唱着我的崭新的小曲，
而你却揶揄：多么"过时！"

是呀，过时了，我的"单恋女"
都已经变作妇人或是母亲，
而我，我还可怜地年轻——
年轻？不吧，有点靠不住。

是呀，年轻是有点靠不住，
说我是有一点老了吧！
你只看我拿手杖的姿态，
它会告诉你一切；而我的眼睛亦然。

老实说，我是一个年轻的老人了：
对于秋草秋风是太年轻了，
而对于春月春花却又太老。

有　赠

谁曾为我束起许多花枝，
灿烂过又憔悴了的花枝？

谁曾为我穿起许多泪珠,
又倾落到梦里去的泪珠?

我认识你充满了怨恨的眼睛,
我知道你愿意缄在幽暗中的话语,
你引我到了一个梦中,
我却又在另一个梦中忘了你。

我的梦和我的遗忘中的人,
哦,受过我暗自祝福的人,
终日有意地灌溉着蔷薇,
我却无心地让寂寞的兰花愁谢。

游 子 谣

海上微风起来的时候,
暗水上开遍青色的蔷薇。
——游子的家园呢?

篱门是蜘蛛的家,
土墙是薜荔的家,
枝繁叶茂的果树是鸟雀的家。

游子却连乡愁也没有,
他沉浮在鲸鱼海蟒间:
让家园寂寞的花自开自落吧。

因为海上有青色的蔷薇,
游子要萦系他冷落的家园吗?
还有比蔷薇更清丽的旅伴呢。

清丽的小旅伴是更甜蜜的家园,
游子的乡愁在那里徘徊踯躅。
唔,永远沉浮在鲸鱼海蟒间吧。

秋　　蝇

木叶的红色,
木叶的黄色,
木叶的土灰色:
窗外的下午!

用一双无数的眼睛,
衰弱的苍蝇望得昏眩。
这样窒息的下午啊!
它无奈地搔着头搔着肚子。

木叶,木叶,木叶,
无边木叶萧萧下。

玻璃窗是寒冷的冰片了,
太阳只有苍茫的色泽。

巡回地散一次步吧!
它觉得它的脚软。

红色,黄色,土灰色,
昏眩的万花筒的图案啊!

迢遥的声音,古旧的,
大伽蓝的钟磬?天末的风?
苍蝇有点僵木,
这样沉重的翼翅啊!

飘下地,飘上天的木叶旋转着,
红色,黄色,土灰色的错杂的回轮。

无数的眼睛渐渐模糊,昏黑,
什么东西压到轻绡的翅上,
身子像木叶一般地轻,
载在巨鸟的翎翻上吗?

夜 行 者

这里他来了:夜行者!
冷清清的街上有沉着的跫音,
从黑茫茫的雾,
到黑茫茫的雾。

夜的最熟稔的朋友,
他知道它的一切琐碎,
那么熟稔,在它的熏陶中
他染了它一切最古怪的脾气。

夜行者是最古怪的人。
你看他走在黑夜里:
戴着黑色的毡帽,
迈着夜一样静的步子。

微　　辞

园子里蝶褪了粉蜂褪了黄,
则木叶下的安息是允许的吧,
然而好弄玩的女孩子是不肯休止的,
"你瞧我的眼睛,"她说,"它们恨你!"

女孩子有恨人的眼睛,我知道,
她还有不洁的指爪,
但是一点恬静和一点懒是需要的,
只瞧那新叶下静静的蜂蝶。

魔道者使用曼陀罗根或是枸杞,
而人却像花一般地顺从时序,
夜来香娇妍地开了一个整夜,
朝来送入温室一时能重鲜吗?

园子都已恬静,
蜂蝶睡在新叶下,
迟迟的永昼中
无厌的女孩子也该休止。

妾薄命

一枝,两枝,三枝,
床巾上的图案花
为什么不结果子啊!
过去了:春天,夏天,秋天。

明天梦已凝成了冰柱;
还会有温煦的太阳吗?
纵然有温煦的太阳,跟着檐溜,
去寻坠梦的玎珫吧!

少年行

是簪花的老人呢,
灰暗的篱笆披着茑萝;

旧曲在颤动的枝叶间死了,
新蜕的蝉用单调的生命赓续。

结客寻欢都成了后悔,
还要学少年的行蹊吗?

平静的天,平静的阳光下,
烂熟的果子平静地落下来了。

旅 思

故乡芦花开的时候,
旅人的鞋跟染着征泥,
粘住了鞋跟,粘住了心的征泥,
几时经可爱的手拂拭?

栈石星饭的岁月,
骤山骤水的行程:
只有寂静中的促织声,
给旅人尝一点家乡的风味。

不 寐

在沉静底音波中,
每个爱娇的影子
在眩晕的脑里
作瞬间的散步;

只是短促的瞬间,

然后列成桃色的队伍,
月移花影地淡然消溶:
飞机上的阅兵式。

掌心抵着炎热的前额,
腕上有急促的温息;
是那一宵的觉醒啊?
这种透过皮肤的温息。

让沉静底最高的音波,
来震破脆弱的耳膜吧。
窒息的白色的帐子,墙……
什么地方去喘一口气呢?

深闭的园子

五月的园子
已花繁叶满了,
浓荫里却静无鸟喧。

小径已铺满苔藓,
而篱门的锁也锈了——
主人却在迢遥的太阳下。

在迢遥的太阳下,
也有璀璨的园林吗?

陌生人在篱边探首,
空想着天外的主人。

灯

士为知己者用,
故承恩的灯
遂做了恋的同谋人:
作憧憬之雾的
青色的灯,
作色情之屏的
桃色的灯。

因为我们知道爱灯,
如仁者乐山,智者乐水,
为供它的法眼的鉴赏
我们展开秘藏的风俗画:
灯却不笑人的风魔。

在灯的友爱的光里,
人走进了美容院;
千手千眼的技师,
替人匀着最宜雅的脂粉,
于是我们便目不暇给。

太阳只发着学究的教训,
而灯光却作着亲切的密语,
至于交头接耳的暗黑,
就是饕餮者的施主了。

寻梦者

梦会开出花来的,
梦会开出娇妍的花来的:
去求无价的珍宝吧。

去青色的大海里,
在青色的大海的底里,
深藏着金色的贝一枚。

你去攀九年的冰山吧,
你去航九年的旱海吧,
然后你逢到那金色的贝。

它有天上的云雨声,
它有海上的风涛声,
它会使你的心沉醉。

把它在海水里养九年,
把它在天水里养九年,
然后,它在一个暗夜里开绽了。

当你鬓发斑斑了的时候,
当你眼睛朦胧了的时候,
金色的贝吐出桃色的珠。

把桃色的珠放在你怀里,
把桃色的珠放在你枕边,
于是一个梦静静地升上来了。

你的梦开出花来了。
你的梦开出娇妍的花来了,
在你已衰老了的时候。

乐园鸟

飞着,飞着,春,夏,秋,冬,
昼,夜,没有休止,
华羽的乐园鸟,
这是幸福的云游呢,
还是永恒的苦役?

渴的时候也饮露,
饥的时候也饮露,
华羽的乐园鸟,
这是神仙的佳肴呢,
还是为了对于天的乡思?

是从乐园里来的呢,
还是到乐园里去的?
华羽的乐园鸟,
在茫茫的青空中,
也觉得你的路途寂寞吗?

假使你是从乐园里来的,
可以对我们说吗,
华羽的乐园鸟,
自从亚当,夏娃被逐后,
那天上的花园已荒芜到怎样了?

望舒诗稿

古神祠前

古神祠前逝去的
暗暗的水上,
印着我多少的
思量底轻轻的脚迹,
比长脚的水蜘蛛,
更轻更快的脚迹。

从苍翠的槐树叶上,
它轻轻地跃到
饱和了古愁的钟声的水上,
它掠过涟漪,踏过荇藻,
跨着小小的,小小的
轻快的步子走。
然后,跻踏着,
生出了翼翅……

它飞上去了，
这小小的蜉蝣，
不，是蝴蝶，它翩翩飞舞，
在芦苇间，在红蓼花上；
它高升上去了，
化作一只云雀，
把清音撒到地上……
现在它是鹏鸟了。
在浮动的白云间，
在苍茫的青天上，
它展开翼翅慢慢地，
作九万里的翱翔，
前生和来世的逍遥游。

它盘旋着，孤独地，
在迢遥的云山上，
在人间世的边际，
长久地，固执到可怜。

终于，绝望地，
它疾飞回到我心头
在那儿忧愁地蛰伏。

见毋忘我花

为你开的

为我开的毋忘我花,
为了你的怀念,
为了我的怀念,
它在陌生的太阳下,
陌生的树林间,
谦卑地,悒郁地开着。

在僻静的一隅,
它为你向我说话,
它为我向你说话;
它重数我们用凝望
远方的潮润的眼睛
在沉默中所说的话,
而它的语言又是
像我们的眼一样沉默。

开着吧,永远开着吧,
罣虑我们的小小的青色的花。

微　　笑

轻岚从远山飘开,
水蜘蛛在静水上徘徊;
说吧:无限意,无限意。

有人微笑,

一颗心开出花来,
有人微笑,
许多脸儿忧郁起来。

做定情之花带的点缀吧,
做迢遥之旅愁的凭借吧。

霜　　花

九月的霜花,
十月的霜花,
雾的娇女,
开到我鬓边来。

装点着秋叶,
你装点了单调的死,
雾的娇女,
来替我簪你素艳的花。

你还有珍珠的眼泪吗?
太阳已不复重燃死灰了。
我静观我鬓丝的零落,
于是我迎来你所装点的秋。

灾难的岁月

古意答客问

孤心逐浮云之炫烨的卷舒,
惯看青空的眼喜侵阈的青芜。
你问我的快乐何在?
——窗头明月枕边书。

侵晨看岚踯躅于山巅,
入夜听风琐语于花间。
你问我的灵魂安息于何处?
——看那袅绕地,袅绕地升上去的炊烟。

渴饮露,饥餐英;
鹿守我的梦,鸟祝我的醒。
你问我可有人间世的罣虑?
——听那消沉下去的百代之过客的跫音。

一九三四年十二月五日

灯

灯守着我，劬劳地，
凝看我眸子中
有穿着古旧的节日衣衫的
欢乐儿童，
忧伤稚子，
像木马栏似地
转着，转着，永恒地……

而火焰的春阳下的树木般的
小小的爆裂声，
摇着我，摇着我，
柔和地。

美丽的节日萎谢了，
木马栏犹自转着，转着……
灯徒然怀着母亲的劬劳，
孩子们的彩衣已褪了颜色。

已矣哉！
采撷黑色大眼睛的凝视
去织最绮丽的梦网！
手指所触的地方：
火凝作冰焰，

花幻为枯枝。
灯守着我。让它守着我!

曦阳普照,蜥蜴不复浴其光,
帝王长卧,鱼烛永恒地高烧
在他森森的陵寝。

这里,一滴一滴地,
寂静坠落,坠落,坠落。

一九三四年十二月二十一日

秋 夜 思

谁家动刀尺?
心也需要秋衣。

听鲛人的召唤,
听木叶的呼息!
风从每一条脉络进来,
窃听心的枯裂之音。

诗人云:心即是琴。
谁听过那古旧的阳春白雪?
为真知的死者的慰藉,
有人已将它悬在树梢,

为天籁之凭托——
但曾一度谛听的飘逝之音。

而断裂的吴丝蜀桐
仅使人从弦柱间思忆华年。

一九三五年七月六日

小　曲

啼倦的鸟藏喙在彩翎间，
音的小灵魂向何处翩跹？
老去的花一瓣瓣委尘土，
香的小灵魂在何处流连？

它们不能在地狱里，不能，
这那么好，那么好的灵魂！
那么是在天堂，在乐园里？
摇摇头，圣彼得可也否认。

没有人知道在哪里，没有，
诗人却微笑而三缄其口：
有什么东西在调和氤氲，
在他的心的永恒的宇宙。

一九三六年五月十四日

赠 克 木[①]

我不懂别人为什么给那些星辰
取一些它们不需要的名称,
它们闲游在太空,无牵无挂,
不了解我们,也不求闻达。

记着天狼,海王,大熊……这一大堆,
还有它们的成分,它们的方位,
你绞干了脑汁,涨破了头,
弄了一辈子,还是个未知的宇宙。

星来星去,宇宙运行,
春秋代序,人死人生,
太阳无量数,太空无限大,
我们只是倏忽渺小的夏虫井蛙。

不痴不聋,不做阿家翁,
为人之大道全在懵懂,
最好不求甚解,单是望望,
看天,看星,看月,看太阳。
也看山,看水,看云,看风,
看春夏秋冬之不同,

[①] 克木,即金克木(1912—2000),现当代诗人,文学翻译家,教授。

还看人世的痴愚，人世的侄偬：
静默地看着，乐在其中。

乐在其中，乐在空与时以外，
我和欢乐都超越过一切的境界，
自己成一个宇宙，有它的日月星，
来供你钻究，让你皓首穷经。

或是我将变一颗奇异的彗星，
在太空中欲止即止，欲行即行，
让人算不出轨迹，瞧不透道理，
然后把太阳敲成碎火，把地球撞成泥。

一九三六年五月十八日

眼

在你的眼睛的微光下，
迢遥的潮汐升涨：
玉的珠贝，
青铜的海藻……
千万尾飞鱼的翅，
剪碎分而复合的
顽强的渊深的水。

无渚崖的水，

暗青色的水!
在什么经纬度上的海中,
我投身又沉溺在
以太阳之灵照射的诸太阳间,
以月亮之灵映光的诸月亮间,
以星辰之星闪烁的诸星辰间?
于是我是彗星,
有我的手,
有我的眼,
并尤其有我的心。

我晞曝于你的眼睛的
苍茫朦胧的微光中,
并在你上面,
在你的太空的镜子中
鉴照我自己的
透明而畏寒的
火的影子,
死去或冰冻的火的影子。

我伸长,我转着,
我永恒地转着,
在你的永恒的周围
并在你之中……

我是从天上奔流到海,

从海奔流到天上的江河，
我是你每一条动脉，
每一条静脉，
每一个微血管中的血液，
我是你的睫毛
（它们也同样在你的
眼睛的镜子里顾影），
是的，你的睫毛，你的睫毛，

而我是你，
因而我是我。

一九三六年十月十九日

夜　　蛾

绕着蜡烛的圆光，
夜蛾作可怜的循环舞，
这些众香国的谪仙不想起
已死的虫，未死的叶。

说这是小睡中的亲人，
飞越关山，飞越云树，
来慰藉我们的不幸，
或者是怀念我们的死者，
被记忆所逼，离开了寂寂的夜台来。

我却明白它们就是我自己,
因为它们用彩色的大绒翅
遮覆住我的影子,
让它留在幽暗里。
这只是为了一念,不是梦,
就像那一天我化成风。

一九三六年十二月二十六日

寂 寞

园中野草渐离离,
托根于我旧时的脚印,
给他们披青春的彩衣:
星下的盘桓从兹消隐。

日子过去,寂寞永存,
寄魂于离离的野草,
像那些可怜的灵魂,
长得如我一般高。

我今不复到园中去,
寂寞已如我一般高:
我夜坐听风,昼眠听雨,

悟得月如何缺,天如何老。

一九三七年二月十二日

我 思 想

我思想,故我是蝴蝶……
万年后小花的轻呼
透过无梦无醒的云雾,
来振撼我斑斓的彩翼。

一九三七年三月十四日

元日祝福

新的年岁带给我们新的希望。
祝福!我们的土地,
血染的土地,焦裂的土地,
更坚强的生命将从而滋长。

新的年岁带给我们新的力量。
祝福!我们的人民,
坚苦的人民,英勇的人民,
苦难会带来自由解放。

一九三九年元旦日

白蝴蝶

给什么智慧给我,
小小的白蝴蝶,
翻开了空白之页,
合上了空白之页?

翻开的书页:
寂寞;
合上的书页:
寂寞。

一九四〇年五月三日

致萤火

萤火,萤火,
你来照我。

照我,照这沾露的草,
照这泥土,照到你老。

我躺在这里,让一棵芽
穿过我的躯体,我的心,
长成树,开花;

让一片青色的藓苔，
那么轻，那么轻
把我全身遮盖，

像一双小手纤纤，
当往日我在昼眠，
把一条薄被
在我身上轻披。

我躺在这里
咀嚼着太阳的香味；
在什么别的天地，
云雀在青空中高飞。

萤火，萤火，
给一缕细细的光线——
够担得起记忆，
够把沉哀来吞咽！

一九四一年六月二十六日

狱中题壁

如果我死在这里，
朋友啊，不要悲伤，

我会永远地生存
在你们的心上。

你们之中的一个死了,
在日本占领地的牢里,
他怀着的深深仇恨,
你们应该永远地记忆。

当你们回来,从泥土
掘起他伤损的肢体,
用你们胜利的欢呼
把他的灵魂高高扬起,

然后把他的白骨放在山峰,
曝着太阳,沐着飘风;
在那暗黑潮湿的土牢,
这曾是他惟一的美梦。

一九四二年四月二十七日

我用残损的手掌

我用残损的手掌
摸索这广大的土地:
这一角已变成灰烬,
那一角只是血和泥;

这一片湖该是我的家乡，
（春天，堤上繁花如锦障，
嫩柳枝折断有奇异的芬芳，）
我触到荇藻和水的微凉；
这长白山的雪峰冷到彻骨，
这黄河的水夹泥沙在指间滑出，
江南的水田，你当年新生的禾草
是那么细，那么软……现在只有蓬蒿；
岭南的荔枝花寂寞地憔悴，
尽那边，我蘸着南海没有渔船的苦水……
无形的手掌掠过无限的江山，
手指沾了血和灰，手掌粘了阴暗，
只有那辽远的一角依然完整，
温暖，明朗，坚固而蓬勃生春。
在那上面，我用残损的手掌轻抚，
像恋人的柔发，婴孩手中乳。
我把全部的力量运在手掌
贴在上面，寄与爱和一切希望，
因为只有那里是太阳，是春，
将驱逐阴暗，带来苏生，
因为只有那里我们不像牲口一样活，
蝼蚁一样死……那里，永恒的中国！

一九四二年七月三日

心　　愿

几时可以开颜笑笑
把肚子吃一个饱,
到树林子去散一会儿步,
然后回来安逸地睡一觉?
　　只有把敌人打倒,

几时可以再看见朋友们,
跟他们游山, 玩水, 谈心,
喝杯咖啡, 抽一支烟,
念念诗, 坐上大半天?
　　只有送敌人入殓。

几时可以一家团聚,
拍拍妻子, 抱抱儿女,
烧个好菜, 看本电影,
回来围炉谈笑到更深?
　　只有将敌人杀尽。

只有起来打击敌人,
自由和幸福才会临降,
否则这些全是白日梦
和没有现实的游想。

　　　　　一九四三年一月二十八日

等　待

我等待了两年，
你们还是这样遥远啊！
我等待了两年，
我的眼睛已经望倦啊！

说六个月可以回来啦，
我却等待了两年啊，
我已经这样衰败啦，
谁知道还能够活几天啊。

我守望着你们的脚步，
在熟稔的贫困和死亡间。
当你们再来，带着幸福，
会在泥土中看见我张大的眼。

一九四三年十二月三十一日

等待其二

你们走了，留下我在这里等，
看血污的铺石上徘徊着鬼影，
饥饿的眼睛凝望着铁栅，
勇敢的胸膛迎着白刃：

耻辱粘住每一颗赤心，
在那里，炽烈地燃烧着悲愤。

把我遗忘在这里，让我见见
屈辱的极度，沉痛的界限，
做个证人，做你们的耳，你们的眼，
尤其做你们的心，受苦难，磨炼，
仿佛是大地的一块，让铁蹄踩践，
仿佛是你们的一滴血，遗在你们后面。

没有眼睛没有语言的等待：
生和死那么紧地相贴相挨，
而在两者间，顽长的岁月在那里挤，
结伴儿走路，好像难兄难弟。
冢地只两步远近，我知道
安然占六尺黄土，盖六尺青草；
可是这儿也没有什么大不同，
在这阴湿，窒息的窄笼：
做白虱的巢穴，做泔脚缸，
让脚气慢慢延伸到小腹上，
做柔道的对手，剑术的靶子，
从口鼻一齐喝水，然后给踩肚子，
膝头压在尖钉上，砖头垫在脚踵上，
听鞭子在皮骨上舞，做飞机在梁上荡……

多少人从此就没有回来，

然而活着的却耐心地等待。

让我在这里等待,
耐心地等你们回来:
做你们的耳目,我曾经生活,
做你们的心,我永远不屈服。

一九四四年一月十八日

过旧居初稿

静掩的窗子隔住尘封的幸福,
寂寞的温暖饱和着辽远的炊烟——
陌生的声音还是解冻的呼唤?……
挹泪的过客在往昔生活了一瞬间。

一九四四年三月二日

过旧居

这样迟迟的日影,
这样温暖的寂静,
这片午炊的香味,
对我是多么熟稔。

这带露台,这扇窗,

后面有幸福在窥望,
还有几架书,两张床,
一瓶花……这已是天堂。

我没有忘记:这是家,
妻如玉,女儿如花,
清晨的呼唤和灯下的闲话,
想一想,会叫人发傻;

单听他们亲昵地叫,
就够人整天地骄傲,
出门时挺起胸,伸直腰,
工作时也抬头微笑。

现在……可不是我回家午餐?……
桌上一定摆上了盘和碗,
亲手调的羹,亲手煮的饭,
想起了就会嘴馋。

这条路我曾经走了多少回!
多少回?……过去都压缩成一堆,
叫人不能分辨,日子是那么相类,
同样幸福的日子,这些孪生姊妹!

我可糊涂啦,是不是今天
出门时我忘记说"再见"?

还是这事情发生在许多年前
其中间隔着许多变迁?

可是这带露台,这扇窗,
那里却这样静,没有声响,
没有可爱的影子,娇小的叫嚷,
只是寂寞,寂寞,伴着阳光。

而我的脚步为什么又这样累?
是否我肩上压着苦难的年岁,
压着沉哀,透渗到骨髓,
使我眼睛朦胧,心头消失了光辉?

为什么辛酸的感觉这样新鲜?
好像伤没有收口,苦味在舌间。
是一个归途的游想把我欺骗,
还是灾难的日月真横亘其间?

我不明白,是否一切都没改动,
却是我自己做了白日梦,
而一切都在那里,原封不动:
欢笑没有冰凝,幸福没有尘封?

或是那些真实的岁月,年代,
走得太快一点,赶上了现在,
回过头来瞧瞧,匆忙又退回来,

再陪我走几步,给我瞬间的欢快?
　　　　有人开了窗,
　　　　有人开了门。
　　　　走到露台上——
　　　　一个陌生人。

生活,生活,漫漫无尽的苦路!
咽泪吞声,听自己疲倦的脚步:
遮断了魂梦的不仅是海和天,云和树,
无名的过客在往昔作了瞬间的踌躇。

　　　　　　一九四四年三月十日

示长女

记得那些幸福的日子!
女儿,记在你幼小的心灵:
你童年点缀着海鸟的彩翎,
贝壳的珠色,潮汐的清音,
山岚的苍翠,繁花的绣锦,
和爱你的父母的温存。

我们曾有一个安乐的家,
环绕着淙淙的泉水声,
冬天曝着太阳,夏天笼着清荫,
白天有朋友,晚上有恬静,

岁月在窗外流,不来打搅
屋里终年长驻的欢欣,
如果人家窥见我们在灯下谈笑,
就会觉得单为了这也值得过一生。

我们曾有一个临海的园子,
它给我们滋养的番茄和金笋,
你爸爸读倦了书去垦地,
你妈妈在太阳阴里缝纫,
你呢,你在草地上追彩蝶,
然后在温柔的怀里寻温柔的梦境。

人人说我们最快活,
也许因为我们生活过得蠢,
也许因为你妈妈温柔又美丽,
也许因为你爸爸诗句最清新。

可是,女儿,这幸福是短暂的,
一刹时都被云锁烟埋;
你记得我们的小园临大海,
从那里你们一去就不再回来,
从此我对着那迢遥的天涯,
松树下常常徘徊到暮霭。

那些绚烂的日子,像彩蝶,
现在枉费你摸索追寻,

我仿佛看见你从这间房
到那间,用小手挥逐阴影,
然后,缅想着天外的父亲,
把疲倦的头搁在小小的绣枕。

可是,记着那些幸福的日子,
女儿,记在你幼小的心灵:
你爸爸仍旧会来,像往日,
守护你的梦,守护你的醒。

一九四四年六月二十七日

在天晴了的时候

在天晴了的时候,
该到小径中去走走:
给雨润过的泥路,
一定是凉爽又温柔;
炫耀着新绿的小草,
已一下子洗净了尘垢;
不再胆怯的小白菊,
慢慢地抬起它们的头,
试试寒,试试暖,
然后一瓣瓣地绽透;
抖去水珠的凤蝶儿
在木叶间自在闲游,

把它的饰彩的智慧书页
曝着阳光一开一收。

到小径中去走走吧,
在天晴了的时候:
赤着脚,携着手,
踏着新泥,涉过溪流。
新阳推开了阴霾了,
溪水在温风中晕皱,
看山间移动的暗绿——
云的脚迹——它也在闲游。

一九四四年六月二日

赠　　内

空白的诗帖,
幸福的年岁;
因为我苦涩的诗节
只为灾难树里程碑。

即使清丽的词华
也会消失它的光鲜,
恰如你鬓边憔悴的花
映着明媚的朱颜。

不如寂寂地过一世，
受着你光彩的熏沐，
一旦为后人说起时，
但叫人说往昔某人最幸福。

一九四四年六月九日

萧红墓畔口占

走六小时寂寞的长途，
到你头边放一束红山茶，
我等待着，长夜漫漫，
你却卧听着海涛闲话。

一九四四年十一月二十日

口　号

盟军的轰炸机来了，
看他们勇敢地飞翔，
向他们表示沉默的欢快，
但却永远不要惊慌。

看敌人四处钻，发抖：
盟军的轰炸机来了，
也许我们会碎骨粉身，

但总比死在敌人手上好。

我们需要冷静，坚忍，
离开兵营，工厂，船坞：
盟军的轰炸机来了，
叫敌人踏上死路。

苦难的岁月不会再迟延，
解放的好日子就快到，
你看带着这消息的，
盟军的轰炸机来了。

一九四五年一月十六日香港大轰炸中

偶　　成

如果生命的春天重到，
古旧的凝冰都哗哗地解冻，
那时我会再看见灿烂的微笑，
再听见明朗的呼唤——这些迢遥的梦。

这些好东西都决不会消失，
因为一切好东西都永远存在，
它们只是像冰一样凝结，
而有一天会像花一样重开。

一九四五年五月三十一日

集外拾佚

流　水

在寂寞的黄昏里,
我听见流水嘹亮的言语:

"穿过暗黑的,暗黑的林,
流到那边去!
到升出赤色的太阳的海去!

"你,被践踏的草和被弃的花,
一同去,跟着我们的流一同去。

"冲过横在路头的顽强的石,
溅起来,溅起浪花来,
从它上面冲过去!

"泻过草地,泻过绿色的草地,
没有踌躇或是休止,

把握住你的意志。

"我们是各处的水流的集体,
从山间,从乡村,
从城市的沟渠……
我们是力的力。

"决了堤防,破了闸!
阻拦我们吗?
你会看见你的毁灭……"

在一个寂寂的黄昏里,
我看见一切的流水,
在同一个方向中,
奔流到太阳的家乡去。

我们的小母亲

机械将完全地改变了,在未来的日子——
不是那可怖的汗和血的榨床,
不是驱向贫和死的恶魔的大车。
它将成为可爱的,温柔的,
而且仁慈的,我们的小母亲,
一个爱着自己的多数的孩子的,
用有力的,热爱的手臂,
紧抱着我们,抚爱着我们的

我们这一类人的小母亲。

是啊,我们将没有了恐慌,没有了憎恨,
我们将热烈地爱它,用我们多数的心。
我们不会觉得它是一个静默的铁的神秘,
在我们,它是有一颗充着慈爱的血的心的,
一个人间的孩子们的母亲。

于是,我们将劳动着,相爱着,
在我们的小母亲的怀里;
在我们的小母亲的怀里,
我们将互相了解,
更深切地互相了解……
而我们将骄傲地自庆着,
是啊,骄傲地,有一个
完全为我们的幸福操作着
慈爱地抚育着我们的小母亲,
我们的有力的铁的小母亲!

昨　　晚

我知道昨晚在我们出门的时候,
我们的房里一定有一次热闹的宴会,
那些常被我的宾客们当作没有灵魂的东西
不用说,都是这宴会的佳客:
这事情我也能容易地觉出,

否则这房里决不会零乱,
不会这样氤氲着烟酒的气味。
它们现在是已经安分守己了,
但是抚着残醉的洋娃娃却眨着眼睛,
我知道她还会撒痴撒娇:
她的头发是那样地蓬乱,而舞衣又那样地皱,
一定的,昨晚她已被亲过了嘴。
那年老的时钟显然已喝得太多了,
他还渴睡着,而把他的职司忘记;
拖鞋已换了方向,易了地位,
他不安静地躺在床前,而横出榻下。
粉盒和香水瓶自然是最漂亮的娇客,
因为她们是从巴黎来的,
而且准跳过那时行的"黑底舞";
还是那个龙钟的瓷佛,他的年岁比我们还大,
他听过我祖母的声音,又受过我父亲的爱抚,
他是慈爱的长者,他必然居过首席。
(他有着一颗什么心会和那些后生小子和谐?)
比较安静的恐怕只有那桌上的烟灰盂,
它是昨天刚在大路上来的,它是生客。

还有许许多多的有伟大的灵魂的小东西,
它们现在都已敛迹,而且又装得那样规矩,
它们现在是那样安静,但或许昨晚最会胡闹。
对于这些事物的放肆我倒并不嗔怪,
我不会发脾气,因为像我们一样,

它们在有一些的时候也应得狂欢痛快。
但是我不懂得它们为什么会胆小害怕我们,
我们不是严厉的主人,我们愿意它们同来!
这些我们已有过了许多证明,
如果去问我的荷兰烟斗,它便会讲给你听。

无　　题

我和世界之间是墙,
墙和我之间是灯,
灯和我之间是书,
书和我之间是——隔膜。

御　街　行

　　满帘红雨春将老,说不尽,阳春好。问君何处是春归,何处春归遍杳?一庭绿意,玉阶伫立,似觉春还早。
　　天涯路断蘼芜草,留不住,春去了。雨丝风片尽连天,愁思撩来多少?残莺无奈,声声啼断,与我堪同调。

夜　　坐

思吗?
思也无聊!

梦吗?
梦又魂消!
如此中秋月夜,
在我当作可怜宵。

独自对银灯,
悲思从衷起。
无奈若个人儿,
盈盈隔秋水。
亲爱的啊!
你也相忆否?

狼和羔羊(寓言诗)

一只小羔羊,
饮水清溪旁。
忽然有一头饿狼,
觅食来到这地方。
他看见羔羊容易欺,
就板起脸儿发脾气:
"你好胆大妄为,
搅浑了我的饮水!
我一定得责罚你,
不容你作歹为非!"
羔羊回答道:"陛下容禀:
请陛下暂息雷霆,

小臣是在下流饮水,
陛下在上流,水怎样会弄秽?
陛下贤明聪慧,
一定明白小臣没有弄浑溪水。"
饥狼闻言说道:"别嘴强,
我说你弄浑就弄浑。
你这东西实在可恶,
去年你还骂过我。"
"去年我怎样会对陛下有不敬之辞?
那时我还没有出世,
我是今年三月才出胎,
现在还是在吃奶。"
"不是你,一定是你的哥哥。"
"我没有弟兄。"
"真可恶,
不要嘴强,我不管你,
不是你哥哥,一定是你的亲戚。
你们这些家伙全不是好东西,
还有看羊人和狗,全合在一起,
整天跟我为难,从来不放手,
别人对我说,一定得报仇。"
说时迟,那时快,
狼心起,把人害,
一跳过去把羊擒,
咬住就向树林行,
也不再三问五审,

把羔羊送给五脏神。

寓言曰:一朝权在手,黑白原不分,
何患无辞说,加以大罪名。
不管你分辩声明,
请戴红帽子一顶。
让你遭殃失意,
我且饱了肚皮。

生产的山(寓言诗)

话说有一座山,
大声嚷着要生产;
听到这样的声音,
大家都赶来看个分明,
以为它要像圣玛丽一样,
没有父亲,把耶稣生养,
将要生产一个巨镇大城,
像成都、昆明或是重庆;
谁知道嚷了半天,
哎呀,我的天!
山崩地裂鬼神诉,
它却养出了一只吃米的老鼠!

寓言曰:
这个故事虽可笑,

却包括教训两道:
第一:要生产不要说大话,
第二:不要养吃米的耗子害人家!

抗日民谣(四首)①

一②

神灵塔,神灵塔,
今年造,明年拆。

二

神风③,神风,
只只升空,落水送终。

三

玉碎,玉碎,
哪里有死鬼,

---

① 袁水拍在《香港的战时民谣》中指出:"据香港朋友的证实,这首民谣的确是戴先生写的。而且当时写的民谣不只这一首,共有十余首之多,因为它们单纯易懂,富于民谣的特色,立刻为香港民间所接受而流传了。环境使他不得不隐去作者的姓名……晓得是戴望舒写的,则难得一二而已。"文中只辑录了这四首。
② 日军占领香港后,为祀奉"在中日事变以至大东亚战争中阵亡英灵",决定在港岛金马伦山西方高地,兴建一座"忠灵塔"。日军不但向民间募捐经费,还抽调大量民夫协助兴建。1942年11月第一期工程开始不久,这首民谣便暗暗在民间流传。
③ 指日军神风敢死队员驾驶的飞机。

俘虏一队队,
老婆给人睡。

四

大东亚,
啊呀呀,
空口说白话,
句句假。

断　章

四月蒂带来崭新的叶子给老树,
给我的只是年岁的挂虑,
海啊,一片白帆飘去!

断　篇

我用无形的手掌摸索广大的土地:
这一角已破碎,那一角是和着血的泥,
那辽远的地方依然还完整,硬坚,
我依稀听到从那里传来雄壮的声音。

辽远的声音啊,虽然低沉,我仍听到,
听到你的呼召,也听到我的心的奔跳,
这两个声音,他们在相互和应,招邀……
啊!在这血染的岛上,我是否要等到老?

小　诗

寒流流着，
暖流流着，
大海啊，
给谁以冷，
给谁以暖啊？

这是荒岛，
这是白帆，
这是礁石，
指点着往日。

一个波浪过去了，
一个波浪过去了，
礁石在无边的海上，
凝望着，凝望着。

散文编

夜　莺

在神秘的银月的光辉中，树叶儿啁啾地似在私语，绛缭地似在潜行；这时候的世界，好似一个不能解答的谜语，处处都含着幽奇和神秘的意味。

有一只可爱的夜莺在密荫深处高啭，一时那林中充满了她婉转的歌声。

我们慢慢地走到饶有诗意的树荫下来，悠然听了会鸟声，望了会月色。我们同时说："多美丽的诗境！"于是我们便坐下来说夜莺的故事。

"你听她的歌声是多悲凉！"我的一位朋友先说了，"她是那伟大的太阳的使女：每天在日暮的时候，她看见日儿的残光现着惨红的颜色，一丝丝的向辽远的西方消逝了，悲思便充满了她幽微的心窍，所以她要整夜的悲啼着……"

"这是不对的，"还有位朋友说，"夜莺实是月儿的爱人：你可不听见她的情歌是怎地缠绵？她赞美着月儿，月儿便用清辉将她拥抱着。从她的歌声，你可听不出她灵魂是沉醉着？"

我们正想再听一会夜莺的啼声，想要她启示我们的怀疑，但是她拍着翅儿飞去了，却将神秘作为她的礼物留给我们。

山居杂缀

山　风

　　窗外,隔着夜的帡幪,迷茫的山岚大概已把整个峰峦笼罩住了吧。冷冷的风从山上吹下来,带着潮湿,带着太阳的气味,或是带着几点从山涧中飞溅出来的水,来叩我的玻璃窗了。

　　敬礼啊,山风!我敞开窗门欢迎你,我敞开衣襟欢迎你。

　　抚过云的边缘,抚过崖边的小花,抚过有野兽躺过的岩石,抚过缄默的泥土,抚过歌唱的泉流,你现在来轻轻地抚我了。说啊,山风,你是否从我胸头感到了云的飘忽,花的寂寥,岩石的坚实,泥土的沉郁,泉流的活泼?你会不会说:这是一个奇异的生物!

雨

　　雨停止了,檐溜还是叮叮地响着,给梦拍着柔和的拍子,好像在江南的一只乌篷船中一样。"春水碧如天,画船听雨眠",韦庄的词句又浮到脑中来了。奇迹也许突然发生了吧,也许我已被魔法移到笤溪或是西湖的小船中了吧……

　　然而突然,香港的倾盆大雨又降下来了。

树

路上的列树已斩伐尽了,疏疏朗朗地残留着可怜的树根。路显得宽阔了一点,短了一点,天和人的距离似乎更接近了。太阳直射到头顶上,雨直淋到身上……是的,我们需要阳光,但是我们也需要阴荫啊!早晨鸟雀的啁啾声没有了,傍晚舒徐的散步没有了。空虚的路,寂寞的路!

离门前不远的地方,本来有一棵合欢树,去年秋天,我也还采过那长长的荚果给我的女儿玩的。它曾经娉婷地站立在那里,高高地张开它的青翠的华盖一般的叶子,寄托了我们的梦想,又给我们以清阴。而现在,我们却只能在虚空之中,在浮着云片的碧空的背景上,徒然地描画它的青翠之姿了。像现在这样的夏天的早晨,它的鲜绿的叶子和火红照眼的花,会给我们怎样的一种清新之感啊!它的浓荫之中藏着雏鸟小小的啼声,会给我们怎样的一种喜悦啊!想想吧,它的消失对于我们是怎样地可悲啊!

抱着幼小的孩子,我又走到那棵合欢树的树根边来了。锯痕已由淡黄变成黝黑了,然而年轮却还是清清楚楚的,并没有给苔藓或是芝菌侵蚀去。我无聊地数着这一圈圈的年轮,四十二圈!正是我的年龄。它和我度过了同样的岁月,这可怜的合欢树!

树啊,谁更不幸一点,是你呢,还是我?

失去的园子

跋涉的罣虑使我失去了眼界的辽阔和余暇的寄托。我的意思是说,自从我怕走漫漫的长途而移居到这中区的最高一条街以来,我便不再能天天望见大海,不再拥有一个小圃了。屋子后面是高楼,前面是更高的山;门临街路,一点隙地也没有。从此,我便对山面壁而居,而最使我怅惘的,特别是旧居中的那一片小小的园子,那一片由我亲手拓荒、耕耘、施肥、播种、灌溉、收获过的贫瘠的土地。那园子临着海,四周是苍翠的松树,每当耕倦了,抛下锄头,坐到松树下面去,迎着从远处渔帆上吹来的风,望着辽阔的海,就已经使人心醉了。何况它又按着季节,给我们以意外丰富的收获呢?

可是搬到这里来以后,一切都改变了。载在火车上和书籍一同搬来的耕具:锄头、铁耙、铲子、尖锄、除草耙、移植铲、灌溉壶等等,都冷落地被抛弃在天台上,而且生了锈。这些可怜的东西!它们应该像我一样地寂寞吧。

好像是本能地,我不时想着:"现在是种番茄的时候了",或是"现在玉蜀黍可以收获了",或是"要是我能从家乡弄到一点蚕豆种就好了!"我把这种思想告诉了妻,于是她就提议说:"我们要不要像邻居那样,叫人挑泥到天台上去,在那里辟一个园地?"可是我立刻反对,因为天台是那么小,而且阳光也那么少,给四面的高楼遮住了。于是这计划打消了,而旧园的梦想却依旧继续着。

大概看到我常常为这样思想困恼着吧,妻在偷偷地活动着。于是,有一天,她高高兴兴地来对我说:"你可以有一个真正的园子了。你不看见我们对邻有一片空地吗? 他们人少,种不了许多地,我已和他们商量好,划一部分地给我们种,水也很方便。现在,你说什么时候开始吧。"

她一定以为会给我一个意外的喜悦的,可是我却含糊地应着,心里想:"那不是我的园地,我要我自己的园地。"可是,为了要不使妻太难堪,我期期地回答她:"你不是劝我不要太疲劳吗? 你的话是对的,我需要休息。我们把这种地的计划打消了吧。"

我的旅伴
——西班牙旅行记之一

从法国入西班牙境,海道除外,通常总取两条道路:一条是经东北的蒲港(Port-Bou),一条是经西北的伊隆(Irún)。从里昂出发,比较是经由蒲港的那条路近一点,可是,因为可以经过法国第四大城鲍尔陀(Bordeaux),可以穿过"平静而美丽"的伐斯各尼亚(Vasconia),可以到蒲尔哥斯(Brugos)去瞻览世界闻名的大伽蓝,可以到伐略道里兹(Válladolid)去寻访赛尔房德思(Cervantes)的故居,可以在"绅士的"阿维拉(Avila)小作勾留,我便舍近而求远,取了从伊隆入西班牙境的那条路程。

一九三四年八月二十二日下午五时,带着简单的行囊,我到了里昂的贝拉式车站。择定了车厢,安放好了行李,坐定了位子之后,开车的时候便很近了。送行的只有友人罗大刚一人,颇有点冷清清的气象,可是久居异乡,随遇而安,离开这一个国土而到那一个国土,也就像迁一家旅舍一样,并不使我起什么怅惘之思,而况在我前面还有一个在我梦想中已变成那样神秘的西班牙在等待着我。因此,旅客们的喧骚声、开车的哨子声、汽笛声、车轮徐徐的转动声、大刚的清爽的 Bon voyage 声,在我听来便好像是一阕快乐的前奏曲了。

火车已开出站了,扬起的帽子,挥动的素巾,都已消隐在远处了。我还是凭着车窗望着,惊讶着自己又在这永远伴着我的旅途上了。车窗外的风景转着圈子,展开去,像是一轴无尽的山水长卷:苍茫的云树,青翠的牧场,起伏的山峦,绵亘的耕地,这些都在我眼前飘忽过去,但并没有引起我的注意。我的心神是在更远的地方。这样地,一个小站,两个小站过去了,而我却还在窗前伫立着,出着神,一直到一个奇怪的声音把我从梦想中拉出来。

一个奇怪的声音在我的车厢中响着,好像是婴孩的啼声,又好像是妇女的哭声。它从我的脚边发出来;接着,又有什么东西踏在我脚上。我惊奇地回头过去:四张微笑着的脸儿。我向我的脚边望去:一只黄色的小狗。于是我离开了窗口,茫然地在座位上坐了下去。

"这使你惊奇吗,先生?"坐在我旁边的一位中年人说,接着便像一个很熟的朋友似的溜溜地对我说起来:"我们在河沿上鸟铺前经过,于是这个小东西就使我女人看了中意了。女人的怪癖!你说它可爱吗,这头小狗?我呢,我还是喜欢猫。哦,猫!它只有两个礼拜呢,这小东西。我们还为它买了牛奶。"他向坐在他旁边的妻子看了一眼,"你说,先生,这可不是自讨麻烦吗?——嘟嘟,别那么乱嚷乱跑!——它可弄脏了你的鞋子吗,先生?"

"没有,先生,"我说,"倒是很好玩的呢,这只小狗。"

"可不是吗?我说人人见了它会欢喜的,"我隔座的女人说,"而且人们会觉得不寂寞一点。"

是的,不寂寞。这头小小的生物用它的尖锐的唤声充满了这在辘辘的车轮声中摇荡里的小小的车厢,像利刃一般地刺到我耳中。

这时，这一对夫妇忙着照顾他们新买来的小狗，给它预备牛奶，我们刚才开始的对话，便因而中止了。趁着这个机会，我便去观察一下我的旅伴们。

坐在我旁边的中年人大约有三十五六岁，养着一撮小胡子，胖胖的脸儿发着红光，好像刚喝过了酒，额上有几条皱纹，眼睛却炯炯有光，像一个少年人。灰色条纹的裤子。上衣因为车厢中闷热已脱去了，露出了白色短袖的 Lacoste 式丝衬衫。从他的音调中，可以听出他是马赛人或都隆一带的人。他的言语服饰举止，都显露出他是一个小 rentier，一个十足的法国小资产阶级者。坐在他右手的他的妻子，看上去有三十岁光景。染成金黄色的棕色的头发，栗色的大眼睛，上了黑膏的睫毛，敷着发黄色的胭脂的颊儿，染成红色的指甲，葵黄色的衫子，鳄鱼皮的鞋子。在年轻的时候，她一定曾经美丽过，所以就是现在已经发胖起来，衰老下去，她还没有忘记了她的爱装饰的老习惯。依然还保持着她的往日的是她的腿胫，在栗色的丝袜下，它们描着圆润的轮廓。

坐在我对面的胖子有四十多岁，脸儿很红润，胡须剃得光光的，满面笑容。他在把上衣脱去了，使劲地用一份报纸当扇子挥摇着。在他的脚边，放着一瓶酒，只剩了大半瓶，大约在上车后已喝过了。他头上的搁篮上，又是两瓶酒。我想他之所以能够这样白白胖胖欣然自得，大概就是这种葡萄酒的作用。从他的神气看来，我猜想是开铺子的（后来知道他是做酒生意的）。薄薄的嘴唇证明他是一个好说话的人，可是自从我离开窗口以后，我还没有听到他说过话。大约还没有到时候。恐怕一开口就不会停。

坐在这位胖先生旁边，缩在一隅，好像想避开别人的注意而反引起别人注意似的，是一个不算难看的二十来岁的女人。穿着黑色的衣衫,老在那儿发呆,好像流过眼泪的有点红肿的眼睛,老是望着一个地方。她也没有带什么行李,大约只作了一个短程的旅行,不久就要下车的。

在我把我的同车厢中的人观察了一遍之后,那位有点发胖的太太已经把她的小狗喂过了牛乳,抱在膝上了。

"你瞧它多乖!"她向那现在已不呜呜地叫唤的小狗望了一眼,好像对自己又好像对别人地说。

"呃,这是'新地'种,"坐在我对面的胖先生开始发言了,"你别瞧它现在那么安静,以后它脾气就会坏的,变得很凶。你们将来瞧着吧,在十六七个月之后。呃,你们住在乡下吗?我的意思是说,你们住在巡警之力所不及的僻静的地方吗?"

"为什么?"两夫妇同声说。

"为什么?为什么?为了这是'新地'种,是看家的好狗。难道你们不知道吗?它会很快地长大起来,长得高高的,它的耳朵,也渐渐地会拖得更长,垂下去。它会变得很凶猛。在夜里,你们把它放在门口,你们便可以敞开了大门高枕无忧地睡觉。"

"啊!"那妇人喊了一声,把那只小狗一下放在她丈夫的膝上。

"为什么,太太?"那胖子说,"能够高枕无忧,这还不好吗?而且'新地'种是很不错的。"

"我不要这个。我们住在城里很热闹的街上,我们用不到一头守夜狗。我所要的是一只好玩的小狗,一只可以在出去散步时随手牵着的小狗,一只会使人感到不大寂寞一点的小狗。"那女人回答,接着就去埋怨她的丈夫了:"你为什么会这样糊涂!我不是已对你说过好多次了吗,我要买一头小狗玩玩?"

"我知道什么呢?"那丈夫像一个牺牲者似的回答,"这都是你自己不好,也不问一问伙计,而且那时离开车的时间又很近了。是你自己指定了买的,我只不过付钱罢了。"接着对那胖先生说,"我根本就不喜欢狗。对于狗这一门,我是完全外行。我还是喜欢猫。关于猫,我还懂得一点,暹罗种,昂高拉种;狗呢,我一点也不在行。有什么办法呢!"他耸了一耸肩,不说下去了。

"啊,太太,我懂了。你所要的是那种小种狗。"那胖先生说,接着他更卖弄出他的关于狗种的渊博的知识来:"可是小种狗也有许多种,Dandie-dinmont,King Charles,Skye-terrier,Pékinois,loulou,Biehon de malt,Japonais,Bouledogue,teerier anglais à poils durs,以及其他等等,说也说不清楚。你所要的是哪一种样子的呢?像用刀切出来的方方正正的那种小狗呢,还是长长的毛一直披到地上又遮住了脸儿的那一种?"

"不是,是那种头很大,脸上起皱,身体很胖的有点儿像小猪的那种。以前我们街上有一家人家就养了这样一只,一副蠢劲儿,怪好玩的。"

"啊啊!那叫 Bouledogue,有小种的,也有大种的。我个人不大喜欢它,正就因为它那副蠢劲儿。我个人倒喜欢 King Charles 或是 Japonais。"说到这里,他转过脸来对我说:"呃,先生,你是日本人吗?"

"不,"我说,"中国人。"

"啊!"他接下去说,"其实 Pékinois 也不错,我的妹夫就养着一条。这种狗是出产在你们国里的,是吗?"

我含糊地答应了他一声,怕他再和我说下去,便拿出了小提箱中的高谛艾(Th. Gartier)的《西班牙旅行记》来翻看。可是那位胖先生倒并没有说下去,却拿起了放在脚边的酒瓶倾瓶来喝。同时,在那一对夫妻之间,便你一句我一句地争论起来了。

　　快九点钟了。我到餐车中去吃饭。在吃得醺醺然地回来的时候,车厢中只剩了胖先生一个人在那儿吃夹肉面包喝葡萄酒。买狗的夫妇和黑衣的少妇都已下车去了。我问胖先生是到哪里去的。他回答我是鲍尔陀。我们于是商量定,关上了车厢的门,放下窗幔,熄了灯,各占一张长椅而卧,免得上车来的人占据了我们的座位,使我们不得安睡。商量既定,我们便都挺直了身子躺在长椅上。不到十几分钟,我便听到胖先生的呼呼的鼾声了。

鲍尔陀一日
——西班牙旅行记之二

清晨五点钟。受着对座客人的"早安"的敬礼,我在辘辘的车声中醒来了。这位胖先生是先我而醒的,一只手拿着酒瓶,另一只手拿着一块饼干,大约已把我当做一个奇怪的动物似的注视了好久了。

"鲍尔陀快到了吧?"我问。

"一小时之后就到了。您昨夜睡得好吗?"

"多谢,在火车中睡觉是再舒适也没有了。它摇着你,摇着你,使人们好像在摇篮中似的。"说着我便向车窗口望出去。

风景已改变了。现在已不是起伏的山峦,广阔的牧场,苍翠的树林了,在我眼前展开着的是一望无际的葡萄已经成熟了,我仿佛看见了暗绿色的葡萄叶,攀在支柱上的藤蔓,和发着宝石的光彩的葡萄。

"你瞧见这些葡萄田吗?"那胖先生说,接着,也不管我听与不听,他又像昨天谈狗经似的对我谈起酒经来了,"你要晓得,我们鲍尔陀是法国著名产葡萄酒的地方,说起'鲍尔陀酒',世界上是没有一处人不知道的。这是我们法国的命脉——也是我的命脉。这也有两个意义:第一,正如你所见到的一样,我是一天也不能离开葡萄酒的；"他喝了一口酒，放下了瓶子接下去说，"第二呢，我是做酒生意的，我在鲍尔陀开着一个小小的酒庄。葡萄酒双倍地维持着我的生活，所以也难怪我对于酒发着颂词了。喝啤酒的人会有一个混浊而阴险的头脑，像德国人一样；喝烧酒（Liqueur）的人会变成一种中酒精毒的疯狂的人；而喝了葡萄酒的人却永远是爽直的、喜乐、满足的，最大的毛病是多说话而已，但多说话并不是一件缺德的事。……"

"鲍尔陀葡萄酒的种类很多吧？"我趁空羼进去问了一句。

"这真是说也说不清呢。一般说来，是红酒白酒，在稍为在行一点的人却以葡萄的产地来分，如'美道克'（Médoc），'海岸'（Cōtcs），'沙滩'（Graves），'沙田'（Palus），'梭代尔纳'（Sauternes）等等。这是大致的分法，但每一种也因酒的品质和制造者的不同而分了许多种类，'美道克'葡萄酒有'拉斐特堡'（Chateau‑Lafite），'拉都堡'（Chateau‑Latour），'莱奥维尔'（Léoville）等类；'海岸'有'圣爱米略奈'（St. Emilionais），'李布尔奈'（Libournais），'弗龙沙代'（Fronsadais）等类；'沙田'葡萄酒和'沙滩'酒品质比较差一点，但也不乏名酒；享受到世界名誉的是'梭代尔纳'的白酒，那里的产酒区如鲍麦（Bommes），巴尔沙克（Barsac），泊莱涅克（Preignac），法尔格（Fargues）等，都出好酒，特别以'伊甘堡'（Chateau‑Yquem）为最著名。因为他们对于葡萄酒的品质十分注意，就是采葡萄制酒的时候，至少也分三次采，每次都只采成熟了的葡萄……而且每一个制造者都有着他们世袭的秘法，就是我们也无从知晓。总之，"在说了这一番关于鲍尔陀酒的类别之后，他下着这样的结论，"如果你到了鲍尔陀之后，我第一要奉劝的便是请你去尝一尝鲍尔陀的好酒，这才可以说不枉到过鲍尔陀……"

"对不起,"一半也是害怕他再滔滔不绝地说下去,我站起身来说,"我得去洗一个脸呢,我们回头谈吧。"

回到车厢中的时候,火车离鲍尔陀已只有十几分钟的路程了。胖先生在车厢外的走廊上笑眯眯地望着车窗外的葡萄田,好像在那些累累的葡萄上看到了他自己的满溢的生命一样。我也不去打搅他,整理好行囊,便依着车窗闲望了。

这时在我的心头起伏着的是一种莫名其妙的不安。这种不安是读了高谛艾的《西班牙旅行记》而引起的,对到鲍尔陀站时,高谛艾这样写着他的印象:

> 下车来的时候,你就受到一大群的伕役的攻击,他们分配着你的行李,合起二十个人来扛一双靴子:这还一点也不算稀奇;最奇怪的是那些由客栈老板埋伏着截拦旅客的牢什子。这一批混蛋逼着嗓子闹得天翻地覆地倾泻出一大串颂词和咒骂来:一个人抓住你的胳膊,另一个人攀住你的腿,这个人拉住你的衣服的后襟,那个人拉住你的大氅的钮子:"先生,到囊特旅馆里去吧,那里好极啦!"——"先生不要到那里去,那是一个臭虫的旅馆,臭虫旅馆这才是它的真正的店号。"那对敌的客店的代表急忙这样说。——"罗昂旅馆!""法兰西旅馆!"那一大群人跟在你后面嚷着。——"先生,他们是永远也不洗他们的砂锅的,他们用臭猪油烧菜,他们的房间里漏得像下雨,你会被他们剥削、抢盗、谋杀。"每一个人都设法使你讨厌那些他们对敌的客栈,而这一大批跟班只在你断然踏进

了一家旅馆的时候才离开你。那时他们自己之间便口角起来,相互拔出皮榔头来,你骂我强盗,我骂你贼,以及其他类似的咒骂,接着他们又急急忙忙地追另一个猎物。

到了鲍尔陀的圣约翰站,匆匆地和胖先生告了别之后,我便是在这样的心境中下了火车。我下了火车:没有脚伕来抢拿我的小皮箱;我走出了车站:没有旅馆接客来拽我的衣裾。这才使我安心下来,心里想着现在的鲍尔陀的确比一八四〇年的鲍尔陀文明得多了。

我不想立刻找一个旅馆,所以我便提着轻便的小提囊安步当车顺着大路踱过去。这正是上市的时候,买菜的人挟着大篮子在我面前经过,熙熙攘攘,使我连游目骋怀之心也被打散了。一直走过了闹市之后,我的心才渐渐地宽舒起来。高谛艾说:"在鲍尔陀,西班牙的影响便开始显著起来了。差不多全部的市招都是用两种文字写的;在书店里,西班牙文的书至少和法文书一样多。许多人都说着吉诃德爷和古士芝·达尔法拉契的方言……"我开始注意市招:全都是法文的;我望了一望一家书店的橱窗:一本西班牙文的书也没有;我倾听着过路人的谈话:都是道地的法语,只是有点重浊的本地口音而已。这次,我又太相信高谛艾了。

这样地,我不知不觉地走到了鲍尔陀最热闹的克格芝梭大街上。咖啡店也开门了,把藤椅一张张地搬到檐前去。我走进一家咖啡店去,遵照同车胖先生的话叫了一杯白葡萄酒,又叫了一杯咖啡,一客夹肉面包。

也许是车中没有睡好,也许是闲走累了,也许是葡萄酒发生了作用,一片懒惰的波浪软软地飘荡着我,使我感到有睡意了。我想:晚间十二点要动身,而我在鲍尔陀又只打算走马看花地玩一下,那么我何不找一个旅馆去睡几小时,就是玩起来的时候也可以精神抖擞一点。

罗兰路。勃拉丹旅馆。在吩咐侍者在正午以前唤醒我之后,我便很快地睡着了。

侍者在十一点半唤醒了我,在洗盥既毕出门去的时候,天已在微微地下雨了。我冒着微雨到圣昂德莱大伽蓝巡礼去,这是英国人所建筑的,还是中世纪的遗物,藏着乔尔丹(Jordaëns)和维洛奈思(Véronèse)等名画家的画。从这里出来后,我到喜剧院广场的鲍尔陀咖啡饭店去丰盛地进了午餐。在把肚子里装满了鲍尔陀的名酒和佳肴之后,正打算继续去览胜的时候,雨却倾盆似地泻下来。一片南方的雨,急骤而短促。我不得不喝着咖啡等了半小时。

出了饭馆之后,在一整个下午之中我总计走马看花地玩了这许多地方:圣母祠、甘龚斯广场、圣米式尔寺、公园、博物馆。关于这些,我并不想多说什么,《蓝皮指南》以及《倍德凯尔》等导游书的作者,已经有更详细的记载了。

使我引为憾事的是没有到圣米式尔寺的地窖里去看一看。那里保藏着一些成为木乃伊的尸体,据高谛艾说:"就是诗人们和画家们的想象,也从来没有产生过比这更可怕的噩梦过。"但博物馆中几幅吕班思(Rubens)、房第克(Van Dyck)、鲍谛契里(Botticelli)的画,黄昏中在清静的公园中散步,也就补偿了这遗憾了。

依旧丰盛地进了晚餐之后,我在大街上信步闲走了两点多钟,然后坐到咖啡馆中去,听听音乐,读读报纸,看看人。这时,我第一次证明了高谛艾没有对我说谎。他说:"使这个城有生气的,是那些娼妓和下流社会的妇人,她们都的确很漂亮:差不多都生着笔直的鼻子,没有颧骨的颊儿,大大的黑眼睛,爱娇而苍白的鹅蛋形脸儿。"

这样挨到了十一点光景,我回到了旅馆里去算了账,便到圣约翰站去乘那十二点半出发到西班牙边境去的夜车。

在一个边境的站上
——西班牙旅行记之三

夜间十二点半从鲍尔陀开出的急行列车,在清晨六点钟到了法兰西和西班牙的边境伊隆。在朦胧的意识中,我感到急骤的速率宽驰下来,终于静止了。有人在用法西两国语言报告着:"伊隆,大家下车!"

睁开睡眼向车窗外一看,呈在我眼前的只是一个像法国一切小车站一样的小车站而已。冷清清的月台,两三个似乎还未睡醒的搬运夫,几个态度很舒闲地下车去的旅客。我真不相信我已到了西班牙的边境了,但是一个声音却在更响亮地叫过来:

"伊隆,大家下车!"

匆匆下了车,我第一个感到的就是有点寒冷。是侵晓的冷气呢,是新秋的薄寒呢,还是从比雷奈山间夹着雾吹过来的山风?我翻起了大氅的领,提着行囊就望出口走。

走出这小门就是一间大敞间,里面设着一圈行李检查台和几道低木栅,此外就没什么别的东西。这是法兰西和西班牙的交界点,走过了这个敞间,那便是西班牙了。我把行李照别的旅客一样地放在行李检查台上,便有一个检查员来翻看了一阵,问我有什么报税的东西,接着在我的提箱上用粉笔画了一个字,便打发我走了。再走上去是护照查验处。那是一个像车站卖票处一样的小窗洞。电灯下面坐着一个留着胡子的中年人。单看他的炯炯有光的眼睛和他手头的那本厚厚的大册子,你就会感到不安了。我把护照递给了他。他翻开来看了看里昂西班牙领事的签字,把护照上的照片看了一下,向我好奇地看了一眼,问我一声到西班牙的目的,把我的姓名录到那本大册子中去,在护照上捺了印;接着,和我最初的印象相反地,他露出微笑来,把护照交还了我,依然微笑着对我说:"西班牙是一个可爱的地方,到了那里你会不想回去呢。"

真的,西班牙是一个可爱的地方,连这个护照查验员也有他的固有的可爱的风味。

这样地,经过了一重木栅,我踏上了西班牙的土地。

过了这一重木栅,便好像一切都改变了:招纸、揭示牌都用西班牙文写着,那是不用说的,就是刚才在行李检查处和搬运夫用沉浊的法国南部语音开着玩笑的工人型的男子,这时也用清朗的加斯谛略语和一个老妇人交谈起来。天气是显然地起了变化,暗沉沉的天空已澄碧起来,而在云里透出来的太阳,也驱散了刚才的薄寒,而带来了温煦。然而最明显的改变却是在时间上。在下火车的时候,我曾经向站上的时钟望过一眼:六点零一分。检查行李、验护照等事,大概要花去我半小时,那么现在至少是要六点半了吧。并不如此。在西班牙的伊隆站的时钟上,时针明明地标记着五点半,事实是西班牙时间和法兰西的时间因为经纬度的不同而相差一小时,而当时在我的印象中,却觉得西班牙是永远比法兰西年轻一点。

因为是五点半,所以除了搬运夫和洒扫工役已开始活动外,车站上还是冷清清的。卖票处,行李房,兑换处,书报摊,烟店等等都没有开,旅客也疏朗朗地没有几个。这时,除了枯坐在月台的长椅上或在站上往来蹀躞以外,你是没有办法消磨时间的。到蒲尔哥斯的快车要在八点二十分才开。到伊隆镇上去走一圈呢,带着行李究竟不大方便,而且说不定要走多少路,再说,这样大清早就是跑到镇上也是没有什么多大意思的。因此,把行囊散在长椅上,我便在这个边境的车站上蹀起来了。

如果你以为这个国境的城市是一个险要的地方,扼守着重兵,活动着国际间谍,压着国家的、军事的大秘密,那么你就错误了。这只是一个消失在比雷奈山边的西班牙的小镇而已。提着筐子,筐子里盛着鸡鸭,或是肩着箱笼,三三两两地来乘第一班火车的,是头上裹着包头布的山村的老妇人,面色黝黑的农民,白了头发的老匠人,像是学徒的孩子。整个西班牙小镇的灵魂都可以在这些小小的人物身上找到。而这个小小的车站,它也何尝不是十足西班牙底呢?灰色的砖石,黯黑的木柱子,已经有点腐蚀了的洋铅遮檐,贴在墙上的风中飘着的斑驳的招纸,停在车站尽头处的破旧的货车:这一切都向你说着西班牙的式微、安命、坚忍。西德(Cid)的西班牙,侗黄(Don Juan)的西班牙,吉诃德(Quixote)的西班牙,大仲马或梅里美心目中的西班牙,现在都已过去了,或者竟可以说本来就没有存在过。

的确,西班牙的存在是多方面的。第一是一切旅行指南和游记中的西班牙,那就是说历史上的和艺术上的西班牙。这个西班牙浓厚地渲染着釉彩,充满了典型人物。在音乐上,绘图上,舞蹈上,文学上,西班牙都在这个面目之下出现于全世界,而作着它的正式代表。一般人对于西班牙的观念,也是由这个代表者而引起的。当人们提起了西班牙的时候,你立刻会想到蒲尔哥斯的大伽蓝,格腊拿达的大食故宫,斗牛,当歌舞(Tango),侗黄式的浪子,吉诃德式的梦想者！塞赖丝谛拿(La Celestina)式的老虔婆,珈尔曼式的吉卜赛女子,扇子,披肩巾,罩在高冠上的遮面纱等等,而勉强西班牙人做了你的想象底受难者；而当你到了西班牙而见不到那些开着悠久的岁月的绣花的陈迹,传说中的人物,以及你心目中的西班牙固有产物的时候,你会感到失望而作"去年白雪今安在"之喟叹。然而你要知道这是最表面的西班牙,它的实际的存在是已经在一片迷茫的烟雾之中,而行将只在书史和艺术作品中赓续它的生命了。西班牙的第二个存在是更卑微一点,更穆静一点。那便是风景的西班牙。的确,在整个欧罗巴洲之中,西班牙是风景最胜最多变化的国家。恬静而笼着雾和阴影的伐斯各尼亚,典雅而充溢着光辉的加斯谛拉,雄警而壮阔的昂达鲁西亚,煦和而明朗的伐朗西亚,会使人"感到心被窃获了"的清澄的喀达鲁涅。在西班牙,我们几乎可以看到欧洲每一个国家的典型。或则草木葱茏,山川明媚；或则大山兀嶪,峭壁幽深；或则古堡荒寒,困焦幽独；或则千圜澄碧,百里花香……这都是能使你目不暇给,而至于留连忘返的。这是更有实际的生命,具有易解性(除非是村夫俗际)而容易取好于人的西班牙,因为它开拓了你对于自然之美的爱好之心,而使你衷心地生出一种舒徐的,悠长的,寥寂的默想来,然而最真实的,最深沉的,因而最难以受人了解的却是西班牙的第三个存在。这个存在是西班牙的底奥,它蕴藏着整个西班牙,用一种静默的语言向你说着整个西班牙,代表着它的每日的生活,象征着它的永恒的灵魂。这个西班牙的存在是卑微至于闪避你的注意,静默至于好像绝灭,可是如果你能够留意观察,用你的小心去理解,那么你就可以把握住这个卑微而静默的存在,特别是在那些小城中。这是一个式微的,悲剧的,现实的存在,没有光荣,没有梦想。现在,你在清晨或是午后走进任何一个小城去吧。你在狭窄的小路上,在深深的平静中徘徊着。阳光从静静的闭着门的阳台上坠下来,落着一个砌着碎石的小方场。什么也不来搅扰这寂静;街坊上的叫卖声在远处寂灭了,寺院的钟声已消沉下去了。你穿过小方场,经过一个作坊,一切任何作坊,铁匠底、木匠底或羊毛匠底。你伫立一会儿,看着他们带着那一种的热心,坚忍和爱操作着;你来到一所大屋子前面:半开着的门已朽腐了,门环上满是铁锈,涂着石灰的白墙已经斑驳或生满黑霉了,从门间,你望见了被野草和草苔所侵占了的院子。你当然不推门进去,但是在这墙后面,在这门里面,你会感到有苦痛、沉哀或不遂的愿望静静地躺着。你再走上去,街路上依然是沉静的,一个喷泉淙淙地响着,三两只鸽子振羽作声。一个老妇扶着一个女孩佝偻着走过。寺院的钟迟迟地响起来了,又迟迟地消歇了。……这就是最深沉的西班牙,它过着一种寒伧、静默、坚忍而安命的生活,但是它却具有怎样的使人充塞了深深的爱的魅力啊。而这个小小的车站呢,它可不是也将这奥秘的西班牙呈显给我们看了吗?

当我在车站上来往蹀躞着的时候,我心中这样地思想着。在不知不觉之中,车站中已渐渐地有生气起来了。卖票处,烟摊,报摊,都已陆续地开了门,从镇上来的旅客们,也开始用他们的嘈杂的语音充满了这个小小的车站了。

我从我的沉思中走了出来,去换了些西班牙钱,到卖票处去买了里程车票,出来买了一份昨天的《太阳报》(El Sol),一包烟,然后回到安放着我的手提箱的长椅上去。

长椅上已有人坐着了,一个老妇和几个孩子。一个,两个,三个,四个……一共是四个孩子。而且最大的一个十一二岁的孩子,已经在开始一张一张地撕去贴在我提箱上的各地旅馆的贴纸了。我移开箱子坐了下来。这时候,有两个在我看来很别致的人物出现了。

那是邮差、军人,和京戏上所见的文官这三种人物的混合体。他们穿着绿色的制服,佩着剑,头面上却戴着像乌纱帽一般的黑色漆布做的帽子。这制服的色彩和灰暗而笼罩着阴阴的伐斯各尼亚的土地以及这个寒伧的小车站显着一种异样的不调和,那是不用说的;而就是在一身之上,这制服,佩剑,和帽子之间,也表现着绝端的不一致。"这是西班牙固有的驳杂底一部分吧。"我这样想。

七点钟了。开到了一列火车,然而这是到桑当德尔(Santander)去的。火车开了,车站一时又清冷起来。要等到八点二十分呢。

我静穆地望着铁轨,目光随着那在初阳之下闪着光的两条铁路的线伸展过去,一直到了迷茫的天际;在那里,我的神思便飘举起来了。

西班牙的铁路
——西班牙旅行记之四

> 田野底青色小径上
> 铁的生客就要经过,
> 一只铁腕行将收尽
> 晨曦所播下的禾黍。

这是俄罗斯现代大诗人叶赛宁的诗句。当看见了俄罗斯的恬静的乡村一天天地被铁路所侵略,并被这个"铁的生客"所带来的近代文明所摧毁的时候,这位憧憬着古旧的、青色的俄罗斯,歌咏着猫、鸡、马、牛,以及整个梦境一般美丽的自然界的,俄罗斯的"最后的田园诗人",便不禁发出这绝望的哀歌来,而终于和他的古旧的俄罗斯同归于尽。

和那吹着冰雪的风,飘着忧郁的云的俄罗斯比起来,西班牙的土地是更饶于诗情一点。在那里,一切都邀人入梦,催人怀古:一溪一石,一树一花,山头碉堡,风际牛羊……当你静静地观察着的时候,你的神思便会飞越到一个更迢遥更幽古的地方去,而感到自己走到了一种恍惚一般的状态之中去,走到了那些古诗人的诗境中去。

这种恍惚,这种清丽的或雄伟的诗境,是和近代文明绝缘的。让魏特曼或凡尔哈仑去歌颂机械和近代生活吧,我们呢,我们宁可让自己沉浸在往昔的梦里。你要看一看在"铁的生客"未来到以前的西班牙吗?在《大食故宫余载》(一八三二)中,华盛顿·欧文这样地记着他从塞维拉到格腊拿达途中的风景的一个片断:

……见旧堡,遂徘徊于堡中久之。……堡踞小山,山趺瓜低拉河萦绕如带,河身非广,澌澌作声,绕堡而逝。山花覆水,红鲜欲滴。绿荫中间出石榴佛手之树,夜莺嘤鸣其间,柔婉动听。去堡不远,有小桥跨河而渡;激流触石,直犯水礁。礁房环以黄石,那当日堡人用以屑面者。渔滕巨网,晒堵黄石之墰;小舟横陈,即隐绿荫之下。村妇衣红衣过桥,倒影入水作绛色,渡过绿漪而没。等流连景光,恨不能画……(据林纾译文)

这是幽蒨的风光,使人流连忘返的;而在乔治·鲍罗的《圣经在西班牙》(一八四三)中,我们又可以看到加斯谛尔平原的雄警壮阔的姿态:

这天酷热异常,于是我们便缓缓地在旧加斯谛尔的平原上取道前进。说起西班牙,旷阔和宏壮是总要联想起的:它的山岳是雄伟的,而它的平原也雄伟不少逊;它舒展出去,块圠无垠,但却也并不坦坦荡荡,满目荒芜,像俄罗斯的草原那样。崎岖岭埣的土地触目皆是:这里是寒泉所冲泻成的深涧和幽壑;那里是一个嶙峋而荒蛮的培楼,而在它的顶上,显出了一个寂寥的孤村。欢欣快乐的成分很少,而忧郁的成分却很多。我们偶然可以看见有几个孤独的农夫,在田野间操作——那是没有分界的田野,不知橡树、榆树或槐树为何物;只有悒郁而悲凉的松树,在那里炫耀着它的金字塔一般的形式,而绿草也是找不到的。这些地域中的旅人是谁呢?大部分是驴夫,以及他们的一长列一长列系着单调地响着的铃子的驴子……

在这样的背景上,你想吧,近代文明会呈显着怎样的丑陋和不调和,而"铁的生客"的出现,又会怎样地破坏了那古旧的山川天地之间相互的默契和熟稔,怎样地破坏了人和自然界之间的融和的氛围!那爱着古旧的西班牙,带着一种深深的怅惘数说着它的一切往昔的事物的阿索林,在他的那本百读不厌的小书《加斯谛拉》中,把西班牙的历史缩成了三幅动人的画图——十六世纪的、十九世纪的和现代的——现在,我们展开这最后一幅画图来吧:

……那边,在地平线的尽头,那些映现在澄澈的天宇上的山岗,好像已经被一把刀所砍断了。一道深深的挺直的罅隙穿过了它们;从这罅隙间,在地上,两条又长又光亮的平行的铁条穿了出来,节节地越过了整个原野。立刻,在那些山岗的断处,显现出了一个小黑点:它动着,急骤地前进,一边在天上遗留下一长条的烟。它已来到平原上了。现在,我们看见一个奇特的铁车和它的喷出一道浓烟来的烟突,而在它的后面,我们看见了一列开着小窗的黑色的箱子,从那些小窗间,我们可以辨出许多男子和妇女的脸儿来,每天早晨,这个铁车和它的那些黑色的箱子在远方现出来;它散播着一道道的烟,发着尖锐的啸声,急骤得使人目眩地奔跑着而进城市的一个近郊去……

铁路是在哪一种姿态之下在那古旧的西班牙出现,我们已可以在这幅画图中清楚地看到了。

的确,看见机关车的浓烟染黑了他们的光辉的和朦朦的风景,喧嚣的车声打破了他们的恬静,单调的铁轨毁坏了他们的山川的柔和或刚强的线条,西班牙人是怀着深深的遗憾的。西班牙的一切,从峻嶒的比雷奈山起一直到那伽尔陀思(Galedós)所谓"逐出外国的侵犯"的那种发着辛烈的臭味的煎油为止,都是抵抗着那现代文明的闯入的。所以,那"铁的生客"的出现,比在欧美各国都要迟一点,西班牙最早的几条铁路,从巴塞洛拿(Barcelona)到马达罗(Mataró)那条是在一八四八年建立的,从马德里到阿朗胡爱斯(Aranjuez)的那条更迟四年,是在一八五一年才筑成。而在建筑铁路之前,又是经过多少的困难和周折啊。

在一八三〇年,西班牙人已知道什么是铁路了。马尔赛里诺·加莱罗(Marcelino Calero)在一八三〇年出版了他的那本在英国印刷的,建筑一个从边境的海雷斯到圣玛丽港的铁路的计划书。在这本计划书后面,还附着一张地图和一幅插绘,是出自"拉蒙·赛沙·德·龚谛手笔"的。插绘上画着一列火车,喷着黑烟,驰行在海滨,而在海上,却航行着一只有着又高又细的烟筒的汽船。这插绘是有点幼稚的,然而它却至少带了一些火车的概念来给当时的西班牙人。加莱罗的这个计划没有实现,那是当然的事,然而在那些喜欢新的事物的人们间,火车便常被提到了。

七年之后,在一八三七年,季崖尔莫·罗佩(Guillermo Lobè)作了一次旅行,从古巴到美国,从美国又到欧洲。而在一八三九年,他在纽约出版了他的那部《在美国,法国和英国的旅行中给我的孩子们的书翰》。罗佩曾在美国和欧洲研究铁路,而在他的信上,铁路是常常讲到的。他希望西班牙全国都布满了铁路,然而他的愿望也没有很快地实现。以后,文人学士的关于铁路的记载渐渐地多起来了。在一八四一年美索奈罗·洛马诺思(Mesonero Romanos)发表了他的《法比旅行回忆记》;次年,莫代思多·拉福安德(Modesto Lauyente)发表了他的《修士海龙第奥的旅行记》第二卷。这两部游记中对于铁路都有详细的叙述,而尤以后者为更精密而有系统。这两位游记的作者都一致地公认火车旅行的诗意(这是我们所难以领略的)。美索奈罗在他的记游文中描写着铁路的诗意底各方面,在白昼的或在黑夜的。而拉福安德也沉醉于车行中所见的光景。他写着,"这是一幅绝世的惊人的画图,而在暗黑的深夜中看起来,那便千倍地格外有趣味,格外有诗意。"

然而,就在这一八四二年的三月十四日,当元老院开会议论开筑一条从邦泊洛拿经巴斯当谷通到法兰西去的普通官路的时候,那元老议员却说:"我的意见是,我们永远无论如何也不应该弄平了比雷奈山;反之,我们应该在原来的比雷奈山上,再加上一重比雷奈山。"多少的西班牙人会同意于这个意见啊!

在一八四四年,西班牙著名的数学家玛里阿诺·伐烈何(Mriano Vallejo)出版了一本题名为《铁路的新建筑》的书。这位数学家是一位折中主义者。他愿望旅行运输的便利,但他也好像不大愿意机关车的黑烟污了西班牙的青天,不大愿意它的尖锐的汽笛声冲破了西班牙的原野的平静。我们的这位伐烈何主张仍旧用牲口去牵车子,只不过那车子是在铁轨上滑行着罢了。可是,这个计划也还是没有被采用。

从一八四五年起,西班牙筑铁路的计划渐次地具体化了。报纸上继续地论着铁路的利益,资本家踊跃地想投资,而一批一批的铁路专家技师,又被从国外聘请来。一八四五年五月三十日,马德里的《传声报》记载着阿维拉、莱洪、马德里铁路企业公司的主持者之一华尔麦思来(Sir J. Walmsley)抵京进行开筑铁路的消息;六月二十二日,马德里的《日报》上载着五位英国技师经过伐拉道里兹,测量从比尔鲍到马德里的铁路路线的消息;七月三日,《传声报》又公布了筑造法兰西西班牙铁路的计划,并说一个英国工程师的委员会,也已制成了路线的草案并把关于筑路的一切都筹划好了;而在九月十八日的《日报》上,我们又可以看到工程师勃鲁麦尔(Brumell)和西班牙北方皇家铁路公司的一行技师的到来。以后,这一类的消息还是不绝如缕,然而这些计划的实现却还需要许多岁月,还要经过十年,十五年,二十年。一八四八年巴塞洛拿和马达罗之间的铁路,一八五一年马德里和阿朗胡爱斯之间的铁路,只能算是一种好奇心的满足而已。

从这些看来,我们可以见到这"铁的生客"在西班牙是遇到了多么冷漠的款待,多么顽强的抵抗。那些生野的西班牙人宁可让自己深闭在他们的家园里(真的,西班牙是一个大园林),亲切地,沉默地看着那些熟稔的花开出来又凋谢,看着那些祖先所抚摩过的遗物渐渐地涂上了岁月底色泽;而对于一切不速之客,他们都怀着一种隐隐的憎恨。

现在,在我面前的这条从法兰西西班牙的边境到马德里去的铁路,是什么时候完成的呢?这个文献我一时找不到。我所知道的是,一直到一八六〇年为止,这条路线还没有完工。一八五九年,阿尔都罗·马尔高阿尔都(Arturo Marcoartú)在他替《一八六〇闰年"伊倍里亚"政治文艺年鉴》所写的那篇关于铁路的文章中,这样地告诉我们:在一八五九年终,北方铁路公司已有六五〇基罗米突的铁路正在筑造中;没有动工的尚有七十三基罗米突。

在我前面,两条平行的铁轨在清晨的太阳下闪着光,一直延伸出去,然后在天涯消隐了。现在,西班牙已不再拒绝这"铁的生客"了。它翻过了西班牙的重重的山峦,驰过了它的广阔的平原,跨过它的潺湲的溪涧,湛湛的江河,披拂着它的晓雾暮霭,掠过它的松树的针,白杨的叶,橙树的花,喷着浓厚的黑烟,发着刺耳的汽笛声,隆隆的车轮声,每日地,在整个西班牙骤急地驰骋着了。沉在梦想中的西班牙人,你们感到有点轻微的怅惘吗,你们感到有点轻微的惋惜吗?

而我,一个东方古国的梦想者,我就要跟着这"铁的生客",怀着进香者一般虔诚的心,到这梦想的国土中来巡礼了。生野的西班牙人,生野的西班牙土地,不要对我有什么顾虑吧。我只不过来谦卑地,小心地,静默地分一点你们的太阳,你们的梦,你们的怅惘和你们的惋惜而已。

再生的波兰

他们在瓦砾之中生长着,以防空洞为家,以咖啡店为办事处,食无定时,穿不称身的旧衣,但是他们却微笑着,骄傲地过着生活。

波兰的生活已慢慢地趋向正常了,但是这个过程却是痛苦的。混乱和破坏便是德国人在五年半的占领之后所留下的遗物。什么东西都必须从头做起。波兰好像是一片殖民的土地,必须要从一片空无所有的地方建立一个新的社会,一个经济秩序和一个政治行政。除此以外,带有一个附加的困难:德国人所播下的仇恨和猜疑的种子,必须连根铲除。

这里是几幅画像。在华沙区中,砖瓦工业已差不多完全破坏了,而华沙却急着需要砖瓦,因为它百分之八十五的房屋都已坍败了。第一件急务是重建砖瓦工业。那些未受损害的西莱细亚区域的工场,在战前每年能够出产七万万块砖瓦。它们可能立刻拿来用,但是困难却在运输上。铁路的货车已毁坏了,残余下多少交通材料尚待调查。政府想用汽车和运货汽车来补充。UNNRA 已经开始交货了,而且也答应得更多一点。

百分之六十的波兰面粉厂已变成瓦砾场了。政府感到重建它们的急要,现在已开始帮助他们重建了。在一万二十间面粉厂之中,二千间是由政府直接管理的——这些大都是被赶去了的德国人的产业。其余的面粉厂也由官方代管着,等待主有者来接收。

华沙是战争的最悲剧的城,又是世界上最古怪的城。在它的大街上走着的时候,你除了废墟之外什么也看不到。这座城好像是死去而没有鬼魂出没的;可是从这些废墟之间,却浮现出生活来,一种认真的,工作而吃苦的生活。但却也是一种令人惊奇的快乐的生活。

你看见那些微笑的脸儿,忙碌的人物,跑来跑去的人。交通是十分不方便,少数的几架电车不够符合市民的需要,所以停车站上都排着长长的队伍。

今日华沙的最动人的景象,也许就是废墟之间的咖啡店生活吧。化为一堆瓦砾的大厦,当你在旁边走过的时候,也许会辨认不出来吧。瓦砾已被清除了,十张桌子和四十张椅子,整整齐齐地安排在那往时的大厦的楼下一层的餐室中,门口挂着一块招牌,骄傲地宣称这是"巴黎咖啡店"。顾客们来来去去,侍者侍候他们,生活就回到了那废墟。在今日,这些咖啡店就是复活的华沙的象征。

人们住在地下防空洞,临时搭的房间,或是郊外的避弹屋。这些住所是只适合度夜的,成千成万的人都把他们的日子消磨在咖啡店中。那些咖啡店,有时候是设在一所破旧了的屋子的最低一层,上面临时用木板或是洋铁皮遮盖着;有时设在那在轰炸中神奇地保全了的玻璃顶阳台上;但是大部分的咖啡店,却都是露天的。在那里,人们坐着谈天,讲生意,办公事。他们似乎很快乐,但是如果你听他们谈话,你可以听见他们在那儿抱怨。他们不满意建筑太慢,交通太不方便。

这种临时的咖啡店吸引了各色各样的顾客：贩子们兜人买自来水笔和旧衣服，孩子卖报纸，还有一种特别的人物，那就是专卖外国货币的人。什么事情都有变通办法，如果有一件东西是无法弄得到的，只要一说出来，过了一小时你就可以弄到手。和咖啡店作着竞争的，有店铺和摊位。只消在被炮火打得洞穿的墙上钉几块木牌，店铺就开出来了。那些招牌宣告了那些店铺的存在和性质："巴黎理发店"，"整旧如新，立等即有"等等。在另一条街上，在破碎的玻璃后面，几枝花和一块招牌写着"小勃里斯多尔"——原来在旧日的华沙，勃里斯多尔饭店是最大的旅馆。

这便是街头的生活，但是微笑的脸儿却隐藏着无数的忧虑。人民的衣服都穿得很坏；在波兰全国，衣服和皮革都缺乏得很，许多人都穿着几年以前的旧衣服，用不论任何方法去聊以蔽体。有的人则买旧衣服来穿，也不管那些衣服称身不称身，袖短及肘，裤短及膝的，也是常见的了。

在生活的每一部门，都缺乏熟练的人手。医生非常稀少，而人民却急需医药。几年以来，他们都是营养不良而且常常生病。孩子们都缺乏维他命和医药。留在那里的医生都忙得不可开交，他们不得不去和希特勒的饥饿政策和缺乏卫生的后患斗争，然而人民却并不仅仅生活。他们还亲切而骄傲地生活。那最初在华沙行驶的电车都结满了花带。那些并不比摊子大一点的店铺都卖着花。在波兰，差不多已经有三十家戏院开门了，而克格哥交响乐队，也经常奏演了。

报纸、杂志和专门出版物，都渐渐多起来，但是纸张的缺乏却妨碍了出版界的发展。小学和大学都重开了，但是书籍和仪器却十分缺乏。

在波兰，差不多任何东西都是不够供应。物价是高过受薪阶层的购买力。运输的缺乏增加了食品分配的困难，但是工厂和餐室，以及政府机关的食堂，却都竭力弥补这个缺陷。在波兰的经济机构中，是有着那么许多空洞，你刚补好了一个洞，另外五个洞又现出来了。经济的发动机的操纵杆不能操纵自如，于是整部车子就走几码就停下来了。

除了物质的需要之外，还有精神的不安。精确的估计算出，从一九三九年起，波兰死亡的总数有六百万人。现在还有成千成万的人，都还不知道自己的家属的存亡和命运。幸而人民的精神拯救了这个现状。他们泰然微笑地穿着他们不称身的衣服，吃着他们的不规则的饭食，忍受着物品的缺乏和运输的迟缓。他们已下了决心，要使波兰重新生活起来。

都德的一个故居

凡是读过阿尔封思·都德（Alphonse Daudet）的那些使人心醉的短篇小说和《小物件》的人，大概总记得他记叙儿时在里昂的生活的那几页吧。

都德的家乡本来是尼麦，因为他父亲做生意失败了，才举家迁移到里昂去。他们之所以选了里昂，无疑因为它是法国第二大名城，对于重兴家业是很有希望的。所以，在一八四九年，那父亲万桑·都德（Vincent Daudet）便带着他的一家子，那就是说他的妻子，他的三个儿子，他的女儿阿娜，和那就是没有工钱也愿意跟着老东家的忠心的女仆阿奴，从尼麦搭船顺着罗纳河来到了里昂。这段路竟走了三天。在《小物件》中，我们可以看见他们到里昂时的情景。

在第三天傍晚，我以为我们要淋一阵雨了。天突然阴暗起来，一片浓浓的雾在河上飘舞着。在船头上，已点起了一盏大灯，真的：看到这些兆头，我着急起来了……在这个时候，有人在我旁边说："里昂到了！"同时，那个大钟敲了起来。这就是里昂。

里昂是多雾出名的,一年四季晴朗的日子少,阴霾的日子多,尤其是入冬以后,差不多就终日在黑沉沉的冷雾里度生活,一开窗雾就望屋子里扑,一出门雾就朝鼻子里钻,使人好像要窒息似的。在《小物件》里,我们可以看到都德这样说:

> 我记得那罩着一层烟煤的天,从两条河上升起来的一片永恒的雾。天并不下雨,它下着雾,而在一种软软的氛围气中,墙壁淌着眼泪,地上出着水,楼梯的扶手摸上去发黏。居民的神色,态度,语言,都觉得空气潮湿的意味。

一到了这个雾城之后,都德一家就住到拉封路去。这是一条狭小的路,离罗纳河不远,就在市政厅西面。我曾经花了不少的时间去找,问别人也不知道,说出是都德的故居也摇头。谁知竟是一条阴暗的陋巷,还是自己瞎撞撞到的。

那是一排很俗气的屋子,因为街道狭的原故,里面暗是不用说,路是石块铺的,高低不平,加之里昂那种天气,晴天也像下雨,一步一滑,走起来很吃劲。找到了那个门口,以为会柳暗花明又一村,却仍然是那股俗气:一扇死板板的门,虚掩着,窗子上倒加了铁栅,黝黑的墙壁淌着泪水,像都德所说的一样,伸出手去摸门,居然是发黏的。这就是都德的一个故居!而他们竟在这里住了三年。

这就是《小物件》里所说的"偷油婆婆"(Babarotte)的屋子。所谓"偷油婆婆"者,是一种跟蟑螂类似的虫,大概出现在厨房里,而在这所屋里它们四处地爬。我们看都德怎样说吧:

在拉封路的那所屋子里,当那女仆阿奴安顿到她的厨房里的时候,一跨进门槛就发了一声急喊:"偷油婆婆!偷油婆!"我们赶过去。怎样的一种光景啊!厨房里满是那些坏虫子。在碗橱上,墙上,抽屉里,在壁炉架上,在食橱上,什么地方都有!我们不存心地踏死它们。噗!阿奴已经弄死了许多只了,可是她越是弄死它们,它们越是来。它们从洗碟盆的洞里来。我们把洞塞住了,可是第二天早上,它们又从别一个地方来了……

而现在这个"偷油婆婆"的屋子就在我面前了。

在这"偷油婆婆"的屋子里,都德一家六口,再加上一个女仆阿奴,从一八四九年一直住到一八五一年。在一八五一年的户口调查表上,我们看到都德的家况:

万桑·都德,业布匹印花,四十三岁;阿黛琳·雷诺,都德妻,四十四岁;曷奈思特·都德,学生,十四岁;阿尔封思·都德,学生,十一岁;阿娜·都德,幼女,三岁;昂利·都德,学生,十九岁。

昂利是要做教士的,他不久就到阿里克斯的神学校读书去了。他是早年就夭折了的。在《小物件》中,你们大概总还记得写这神学校生徒的死的那动人的一章吧:"他死了,替他祷告吧。"

在那张户口调查表上,在都德家属以外,还有这么怕"偷油婆婆"的女仆阿奴:"阿奈特·特兰盖,女仆,三十三岁。"

万桑·都德便在拉封路上又重理起他的旧业来,可是生活却很困难,不得不节衣缩食,用尽方法减省。阿尔封思被送到圣别尔代戴罗的唱歌学校去,曷奈思特在里昂中学里读书,不久阿尔封思也改进了这个学校。后来阿尔封思得到了奖学金,读得毕业,而那做哥哥的曷奈思特,却不得不因为家境困难的关系,辍学去帮助父亲挣那一份家。关于这些,《小物件》中自然没有,可是在曷奈思特·都德的一本回忆记《我的弟弟和我》中,却记载得很详细。

现在,我是来到了这消磨了那《磨坊文札》的作者一部分的童年的所谓"偷油婆婆"的屋子前面了。门是虚掩着。我轻轻地叩了两下,没有人答应。我退后一步,抬起头来,向靠街的楼窗望上去;窗闭着,我看见静静的窗帷,白色的和淡青色的。而在大门上面和二层楼的窗下,我又看到了一块石头的牌子,它告诉我这位那么优秀的作家曾在这儿住过,像我所知道的一样。我又走上前面叩门,这一次是重一点了,但还是没有人答应。我伫立着,等待什么人出来。

我听到里面有轻微的脚步声慢慢地近来,一直到我的面前。虚掩着的门开了,但只是一半;从那里,探出了一个老妇人的皱瘪的脸儿来,先把我从头到脚打量了一番:

"先生,你找谁?"她然后这样问。

我告诉她我并不找什么人,却是想来参观一下一位小说家的旧居。那位小说家就是阿尔封思·都德,在八十多年前,曾在这里的四层楼上住过。

"什么,你来看一位在八十多年前住在这儿的人!"她怀疑地望着我。

"我的意思是说想看看这位小说家住过的地方。譬如说你老人家从前住在一个什么城里,现在经过这个城,去看看你从前住过的地方怎样了。我呢,我读过这位小说家的书,知道他在这里住过,顺便来看看,就是这个意思。"

"你说哪一个小说家?"

"阿尔封思·都德。"我说。

"不知道。你说他从前住在这里的四层楼上?"

"正是,我可以去看看吗?"

"这办不到,先生,"她断然地说,"那里有人住着,是盖奈先生。再说你也看不到什么,那是很普通的几间屋子。"

而正当我要开口的时候,她又打量了我一眼,说:

"对不起,先生,再见。"就缩进头去,把门关上了。

我踌躇了一会儿,又摸了一下发黏的门,望了一眼门顶上的石牌,想着里昂人的纪念这位大小说家只有这一片顽石,不觉有点怅惘,打算走了。

可是在这时候,天突然阴暗起来,我急速向南靠罗纳河那面走出这条路去:天并不下雨,它又在那里下雾了,而在罗纳河上,我看见一片浓浓的雾飘舞着,像在一八四九年那幼小的阿尔封思·都德初到里昂的时候一样。

记马德里的书市

无匹的散文家阿索林,曾经在一篇短文中,将法国的书店和西班牙的书店,作了一个比较。他说:

> 在法兰西,差不多一切书店都可以自由地进去,行人可以披览书籍而并不引起书贾的不安;书贾很明白,书籍的爱好者不必常常要购买,而他的走进书店去,也并不目的是为了买书;可是,在翻阅之下,偶然有一部书引起了他的兴趣,他就买了它去。在西班牙呢,那些书店都像神圣的圣体龛子那样严封密闭着,而一个陌生人走进书店里去,摩挲书籍,翻阅一会儿,然而又从来路而去这等的事,那简直是荒诞不经,闻所未闻的。

阿索林对于他本国书店的批评,未免过分严格一点。巴黎的书店也尽有严封密闭着,像右岸大街的一些书店那样,而马德里的书店之可以进出无人过问翻看随你的,却也不在少数。如果阿索林先生愿意,我是很可以举出这两地的书店的名称来作证的。

公正地说,法国的书贾对于顾客的心理研究得更深切一点。他们知道,常常来翻翻看看的人,临了总会买一两本回去的;如果这次不买,那么也许是因为他对于那本书的作者还陌生,也许他觉得那版本不够好,也许他身边没有带够钱,也许他根本只是到书店来消磨一刻空闲的时间。而对于这些人,最好的办法是不理不睬,由他去翻看一个饱。如果殷勤招待,问长问短,那就反而招致他们的麻烦,因而以后就不敢常常来了。

的确,我们走进一家书店去,并不像那些学期开始时抄好书单的学生一样,先有了成见要买什么书的。我们看看某个或某个作家是不是有新书出版;我们看看那已在报上刊出广告来的某一本书,内容是否和书评符合;我们把某一部书的版本,和我们已有的同一部书的版本作一个比较;或仅仅是我们约了一位朋友在三点钟会面,而现在只是两点半。走进一家书店去,在我们就像别的人踏进一家咖啡店一样,其目的并不在喝一杯苦水也。因此我们最怕主人的殷勤。第一,他分散了你的注意力,使你不得不想出话去应付他;其次,他会使你警悟到一种歉意,觉得这样非买一部书不可。这样,你的全部的闲情逸致就给他们一扫而尽了。你感到受人注意着,监视着,感到担着一重义务,负着一笔必须偿付的债了。

西班牙的书店之所以受阿索林的责备,其原因就是他们不明顾客的心理。他们大都是过分殷勤讨好。他们的态度是没有恶意的,然而对于顾客所发生的效果,却适得其反。记得一九三四年在马德里的时候,一天闲着没事,到最大的"爱斯巴沙加尔贝书店"去浏览,一进门就受到殷勤的店员招待,陪着走来走去,问长问短,介绍这部,推荐那部,不但不给一点空闲,连自由也没有了。自然不好意思不买,结果选购了一本廉价的奥尔德加伊加赛德的小书,满身不舒服地辞了出来。自此以后,就不敢再踏进门槛去了。

在"文艺复兴书店"也遇到类似的情形,可是那次却是硬着头皮一本也不买走出来的。而在马德里我买书最多的地方,却反而是对于主顾并不殷勤招待的圣倍拿陀大街的"迦尔西亚书店",王子街的"倍尔特朗书店",特别是"书市"。

"书市"是在农工商部对面的小路沿墙一带。从太阳门出发,经过加雷达思街,沿着阿多恰街走过去,走到南火车站附近,在左面,我们碰到了那农工商部,而在这黑黝黝的建筑的对面小路口,我们就看到了几个黑墨写着的字:La Feria de los Libros,那意思就是"书市"。在往时,据说这传统的书市是在农工商部对面的那一条宽阔的林荫道上的,而我在马德里的时候,它却的确移到小路上去了。

这传统的书市是在每年的九月下旬开始,十月底结束的。在这些秋高气爽的日子,到书市中去漫走一下,寻寻,翻翻,看看那些古旧的书,褪了色的版画,各色各样的印刷品,大概也可以算是人生的一乐吧。书市的规模并不大,一列木板盖搭的,肮脏,零乱的小屋,一共有十来间。其中也有一两家兼卖古董的,但到底卖书的还是占着极大的多数。而使人更感到可喜的,便是我们可以随便翻看那些书而不必负起任何购买的义务。

新出版的诗文集和小说,是和羊皮或小牛皮封面的古本杂放在一起。当你看见圣女戴蕾沙的《居室》和共产主义诗人阿尔倍谛的诗集对立着,古代法典《七部》和《马德里卖淫业调查》并排着的时候,你一定会失笑吧。然而那迷人之处,却正存在于这种杂乱和漫不经心之处。把书籍分门别类,排列得整整齐齐,固然能叫人一目了然,但是这种安排却会使人望而却步,因为这样就使人不敢随便抽看,怕捣乱了人家固有的秩序;如果本来就是这样乱七八糟的,我们就百无禁忌了。再说,旧书店的妙处就在其杂乱,杂乱而后见繁复,繁复然后生趣味。如果你能够从这一大堆的混乱之中发现一部正是你踏破铁鞋无觅处的书来,那是怎样大的喜悦啊!

书价低廉是那里的最大的长处。书店要卖七个以至十个贝色达的新书,那里出两三个贝色达就可以携归了。寒斋的阿耶拉全集,阿索林,乌拿莫诺,巴罗哈,瓦利英克朗,米罗等现代作家的小说和散文集,洛尔迦,阿尔倍谛,季兰,沙里纳思等当代诗人的诗集,珍贵的小杂志,都是从那里陆续购得的。我现在也还记得那第三间小木舍的被人叫做华尼多大叔的须眉皆白的店主。我记得他,因为他的书籍的丰富,他的态度的和易,特别是因为那个坐在书城中,把青春的新鲜和故纸的古老成着奇特的对比的,张着青色忧悒的大眼睛望着远方的云树的,他的美丽的孙女儿。

我在马德里的大部分闲暇时间,甚至在革命发生,街头枪声四起,铁骑纵横的时候,也都是在那书市的故纸堆里消磨了的。在傍晚,听着南火车站的汽笛声,踏着疲倦的步子,臂间挟着厚厚的已绝版的赛哈道的《赛尔房德思辞典》或是薄薄的阿尔陀拉季雷的签字本诗集,慢慢地沿着灯光已明的阿多恰大街,越过熙来攘往的太阳门广场,慢慢地踱回寓所去对灯披览,这种乐趣恐怕是很少有人能够领略的吧。

然而十月在不知不觉之中快流尽了。树叶子开始凋零,夹衣在风中也感到微寒了。马德里的残秋是忧郁的,有几天简直不想闲逛了。公寓生活是有趣的,和同寓的大学生聊聊天,和舞姬调调情,就很快地过了几天。接着,有一天你打叠起精神,再踱到书市去,想看看有什么合意的书,或仅仅看看那青色的忧悒的大眼睛。

可是，出乎意外地，那些小木屋都已紧闭着门了。小路显得更宽敞一点更清冷一点，南火车站的汽笛声显得更频繁而清晰一点。而在路上，凋零的残叶夹杂着纸片书页，给冷冷的风寂寞地吹了过来，又寂寞地吹了过去。

巴黎的书摊

在滞留巴黎的时候,在羁旅之情中可以算作我的赏心乐事的有两件:一是看画,二是访书。在索居无聊的下午或傍晚,我总是出去,把我迟迟的时间消磨在各画廊中和河沿上的。关于前者,我想在另一篇短文中说及,这里,我只想来谈一谈访书的情趣。

其实,说是"访书",还不如说在河沿上走走或在街头巷尾的各旧书铺进出而已。我没有要觅什么奇书孤本的蓄心,再说,现在已不是在两个铜元一本的木匣里翻出一本 Patissier francais 的时候了。我之所以这样做,无非为了自己的癖好,就是摩挲观赏一回空手而返,私心也是很满足的,况且薄暮的赛纳河又是这样地窈窕多姿!

我寄寓的地方是 Rue de L'Echaudé,走到赛纳河边的书摊,只须沿着赛纳路步行约摸三分钟就到了。但是我不大抄这近路,这样走的时候,赛纳路上的那些画廊总会把我的脚步牵住的,再说,我有一个从头看到尾的癖,我宁可兜远路顺着约可伯路,大学路一直走到巴克路,然后从巴克路走到王桥头。

赛纳河左岸的书摊,便是从那里开始的,从那里到加路赛尔桥,可以算是书摊的第一个地带,虽然位置在巴黎的贵族的第七区,却一点也找不出冠盖的气味来。在这一地带的书摊,大约可以分这几类:第一是卖廉价的新书的,大都是各书店出清的底货,价钱的确公道,只是要你会还价,例如旧书铺里要卖到五六百法郎的勒纳尔(J. Renard)的《日记》,在那里你只须花二百法郎光景就可以买到,而且是崭新的。我的加梭所译的赛尔房德思的《模范小说》,整批的《欧罗巴杂志丛书》,便都是从那里买来的。这一类书在别处也有,只是没有这一带集中吧。其次是卖英文书的,这大概和附近的外交部或奥莱昂车站多少有点关系吧。可是这些英文书的买主却并不多,所以花两三个法郎从那些冷清清的摊子里把一本初版本的《万牲园里的一个人》带回寓所去,这种机会,也是常有的。第三是卖地道的古版书的,十七世纪的白羊皮面书,十八世纪饰花的皮脊书等等,都小心地盛在玻璃的书框里,上了锁,不能任意地翻看,其他价值较次的古书,则杂乱地在木匣中堆积着,对着这一大堆你挨我挤着的古老的东西,真不知道如何下手。这种书摊前比较热闹一点,买书大多数是中年人或老人。这些书摊上的书,如果书摊主是知道值钱的,你便会被他敲了去,如果他不识货,你便占了便宜来。我曾经从那一带的一位很精明的书摊老板手里,花了五个法郎买到一本一七六五年初版本的 Du Laurens 的 *Imirce*,至今犹有得意之色:第一因为 *Imirce* 是一部干禁书,其次这价钱实在太便宜也。第四类是卖淫书的,这种书摊在这一带上只有一两个,而所谓淫书者,实际也仅仅是表面的,骨子里并没有什么了不得,大都是现代人的东西,写来骗骗人的。记得靠近王桥的第一家书摊就是这一类的,老板娘是一个四五十岁的虔婆,当我有一回逗留了一下的时候,她就把我当做好主顾而怂恿我买,使我留下极坏的印象,以后就敬而远之了。其实那些地道的"珍秘"的书,如果你不愿出大价钱,还是要费力气角角落落去寻的,我曾在一家犹太人开的破货店里一大堆废书中,翻到过一本原文的 Cleland 的 *Fonny Hill*,只出了一个法郎买回来,真是意想不到的事。

从加路赛尔桥到新桥,可以算是书摊的第二个地带。在这一带,对面的美术学校和钱币局的影响是显著的。在这里,书摊老板是兼卖版画图片的,有时小小的书摊上挂得满目琳琅,原张的蚀雕,从书本上拆下的插图,戏院的招贴,花卉鸟兽人物的彩图,地图,风景片,大大小小各色俱全,反而把书列居次位了。在这些书摊上,我们是难得碰上什么值得一翻的书的,书都破旧不堪,满是灰尘,而且有一大部分是无用的教科书,展览会和画商拍卖的目录。此外,在这一带我们还可以发现两个专卖旧钱币纹章等而不卖书的摊子,夹在书摊中间,作一个很特别的点缀。这些卖画卖钱币的摊子,我总是望望然而去之的,(记得有一天一位法国朋友拉着我在这些钱币摊子前逗留了长久,他看得津津有味,我却委实十分难受,以后到河沿上走,总不愿和别人一道了。)然而在这一带却也有一两个很好的书摊子。一个摊子是一个老年人摆的,并不是他的书特别比别人丰富,却是他为人特别和气,和他交易,成功的回数居多。我有一本高克多(Cocteau)亲笔签字赠给诗人费尔囊·提华尔(Fernand Divoire)的 *Le Grand Ecart*,便是从他那儿以极廉的价钱买来的,而我在加里马尔书店买的高克多亲笔签名赠给诗人法尔格(Fargue)的初版本 *Opéra*,却使我花了七十法郎。但是我相信这是他错给我的,因为书是用蜡纸包封着,他没有拆开来看一看;看见了那献辞的时候,他也许不会这样便宜卖给我。另一个摊子是一个青年人摆的,书的选择颇精,大都是现代作品的初版和善本,所以常常得到我的光顾。我只知道这青年人的名字叫昂德莱,因为他的同行们这样称呼他,人很圆滑,自言和各书店很熟,可以弄得到价廉物美的后门货，如果顾客指定要什么书，他都可以设法。可是我请他弄一部《纪德全集》，他始终没有给我办到。

可以划在第三地带的是从新桥经过圣米式尔场到小桥这一段。这一段是赛纳河左岸书摊中的最繁荣的一段。在这一带，书摊比较都整齐一点，而且方面也多一点，太太们家里没事想到这里来找几本小说消闲，也有；学生们贪便宜想到这里来买教科书参考书，也有；文艺爱好者到这里来寻几本新出版的书，也有；学者们要研究书，藏书家要善本书，猎奇者要珍秘书，都可以在这一带获得满意而回。在这一带，书价是要比他处高一些，然而总比到旧书铺里去买便宜。健吾兄觅了长久才在圣米式尔大场的一家旧书店中觅到了一部《龚果尔日记》，花了六百法郎喜欣欣的捧了回去，以为便宜万分，可是在不久之后我就在这一带的一个书摊上发现了同样的一部，而装订却考究得多，索价就只要二百五十法郎，使他悔之不及。可是这种事是可遇而不可求的，跑跑旧书摊的人第一不要抱什么一定的目的，第二要有闲暇有耐心，翻得有劲儿便多翻翻，翻倦了便看看街头熙来攘往的行人，看看旁边赛纳河静静的逝水，否则跑得腿酸汗流，眼花神倦，还是一场没结果回去。话又说远了，还是来说这一带的书摊吧。我说这一带的书较别带为贵，也不是胡说的，例如整套的 *Echanges* 杂志，在第一地带中买只须十五个法郎，这里却一定要二十个，少一个不卖；当时新出版原价是二十四法郎的 Céline 的 *Voyage au bout de la nuit*，在那里买也非十八法郎不可，竟只等于原价的七五折。这些情形有时会令人生气，可是为了要读，也不得不买回去。价格最高的是靠近圣米式尔场的那两个专卖教科书参考书的摊子。学生们为了要用，也不得不硬了头皮去买，总比买新书便宜点。我从来没有做过这些摊子的主顾，反之他们倒做过我的主顾。因为我用不着的参考书，在穷极无聊的时候总是拿去卖给他们的。这里，我要说一句公平话：他们所给的价钱的确比季倍尔书店高一点。这一带专卖近代善本书的摊子只有一个，在过了圣米式尔场不远快到小桥的地方。摊主是一个不大开口的中年人，价钱也不算顶贵，只是他一开口你就莫想还价，就是答应你还也是相差有限的，所以看着他陈列着的《泊鲁思特全集》，插图的《天方夜谭》全译本，Chirico 插图的阿保里奈尔的 *Calligrammes*，也只好眼红而已。在这一带，诗集似乎比别处多一些，名家的诗集花四五个法郎就可以买一册回去，至于较新一点的诗人的集子，你只要到一法郎或甚至五十生丁的木匣里去找就是了。我的那本仅印百册的 Jean Gris 插图的 Reverdy 的《沉睡的古琴集》，超现实主义诗人 Gui Rosey 的《三十年战争集》等等，便都是从这些廉价的木匣子里翻出来的，还有，我忘记说了，这一带还有一两个专卖乐谱的书铺，只是对于此道我是门外汉，从来没有去领教过罢了。

　　从小桥到须里桥那一段，可以算是河沿书摊的第四地带，也就是最后的地带。从这里起，书摊便渐渐地趋于冷落了。在近小桥的一带，你还可以找到一点你所需要的东西，例如有一个摊子就有大批 N. R. F. 和 Grasset 出版的书，可是那位老板娘讨价却实在太狠，定价十五法郎的书总要讨你十二三个法郎，而且又往往要自以为在行，凡是她心目中的现代大作家，如摩里阿克，摩洛阿，爱眉（Armé）等，就要敲你一笔竹杠，一点也不肯让价；反之，像拉尔波，茹昂陀，拉第该，阿朗等优秀作家的作品，她倒肯廉价卖给你。从小桥一带再走过去，便每况愈下了。起先是虽然没有什么好书，但总还能维持河沿书摊的尊严的摊子，以后呢，卖破旧不堪的通俗小说杂志的也有了,卖陈旧的教科书和一无用处的废纸的也有了,快到须里桥那一带,竟连卖破铜烂铁,旧摆设,假古董的也有了;而那些摊子的主人呢,他们的样子和那在下面赛纳河岸上喝劣酒,钓鱼或睡午觉的街头巡阅使(Clochard),简直就没有什么大两样。到了这个时候,巴黎左岸书摊的气运已经尽了,你的腿也走乏了,你的眼睛也看倦了,如果你袋中尚有余钱,你便可以到圣日尔曼大街口的小咖啡店里去坐一会儿,喝一杯儿热热的浓浓的咖啡,然后把你沿路的收获打开来,预先摩挲一遍,否则如果你已倾了囊,那么你就走上须里桥去,倚着桥栏,俯看那满载着古愁并饱和着圣母祠的钟声的,赛纳河的悠悠的流水,然后在华灯初上之中,闲步缓缓归去,倒也是一个经济而又有诗情的办法。

　　说到这里,我所说的都是赛纳河左岸的书摊,至于右岸的呢,虽则有从新桥到沙德莱场,从沙德莱场到市政厅附近这两段,可是因为传统的关系,因为所处的地位的关系,也因为货色的关系,它们都没在左岸的重要。只在走完了左岸的书摊尚有余兴的时候或从卢佛尔(Louvre)出来的时候,我才顺便去走走,虽然间有所获,如查拉的 L'homme approximatif 或卢梭(Henri Rousseau)的画集,但这是极其偶然的事;通常,我不是空手而归,便是被那街上的鱼虫花鸟店所吸引了过去。所以,原意去"访书"而结果买了一头红颈雀回来,也是有过的事。

香港的旧书市

这里有生意经,也有神话。

香港人对于书的估价,往往是会使外方人吃惊的。明清善本书可以论斤称,而一部极平常的书却会被人视为稀世之珍。一位朋友告诉我,他的亲戚珍藏着一部《中华民国邮政地图》,待价而沽,须港币五千元(合国币四百万元)方肯出让。这等奇闻,恐怕只有在那个小岛上听得到吧。版本自然更谈不到,"明版康熙字典"一类的笑谈,在那里也是家常便饭了。

这样的一个地方,旧书市的性质自然和北平、上海、苏州、杭州、南京等地不同。不但是规模的大小而已,就连收买的方式和售出的对象,也都有很大的差别。那里卖旧书的仅是一些变相的地摊,沿街靠壁钉一两个木板架子,搭一个避风雨的遮棚,如此而已。收书是论斤断秤的,道林纸和报纸印的书每斤出价约港币一二毫,而全张报纸的价钱却反而高一倍;有硬面书皮的洋装书更便宜一点,因为纸板"重秤",中国纸的线装书,出到一毫一斤就是最高的价钱了。他们比较肯出价钱的倒是学校用的教科书,簿记学书,研究养鸡养兔的书等等,因为要这些书的人是非购不可的,所以他们也就肯以高价收入了。其次是医科和工科用书,为的是转运内地可以卖很高的价钱。此外便剩下"杂书",只得卖给那些不大肯出钱的他所谓"藏家"和"睇家"了。他们最大的主顾是小贩。这并不是说香港小贩最深知读书之"实惠"的人，在他们是无足重轻的。

旧书摊最多的是皇后大道中央戏院附近的楼梯街，现在共有五个摊子。从大道拾级上去，左手第一家是"龄记"，管摊的是一个十余岁的孩子（他父亲则在下面一点公厕旁边摆废纸摊），年纪最小，却懂得许多事。著《相对论》的是爱因斯坦，歌德是德国大文豪，他都头头是道。日寇占领香港后，这摊子收到了大批德日文学书，现在已卖得一本也不剩，又经过了一次失窃，现在已没有什么好东西了。隔壁是"焯记"，摊主是一个老是有礼貌的中年人，专卖中国铅印书，价钱可不便宜，不看也没有什么关系。他对面是"季记"，管摊的是姐妹二人。到底是女人，收书卖书都差点功夫。虽则有时能看顾客的眼色和态度见风使舵，可是索价总嫌"离谱"（粤语不合分寸）一点。从前还有一些四部丛刊零本，现在却单靠卖教科书和字帖了。"季记"隔壁本来还有"江培记"，因为生意不好，已把存货称给鸭巴甸街的"黄沛记"，摊位也顶给卖旧铜烂铁的了。上去一点，在摩罗街口，是"德信书店"，虽号称书店，却仍旧还是一个摊子。主持人是一对少年夫妇，书相当多，可是也相当贵。他以为是好书，就一分钱也不让价，反之，没有被他注意的书，讨价之廉竟会使人不相信。"格吕尼"版的波德莱尔的《恶之华》和韩波的《作品集》，两册只讨港币一元，希米式的《莎士比亚字典》会论斤称给你，这等事在我们看来，差不多有点近乎神话了。"德信书店"隔壁是"华记"。虽则摊号仍是"华记"，老板却已换过了。原来的老板是一家父母兄弟四人，在沦陷期中旧书全盛时代，他们在楼梯街竟拥有两个摊子之多。一个是现在这老地方，一个是在"焯记"隔壁，现在已变成旧衣摊了。因为来路稀少，顾客不多，他们便把滞销的书盘给了现在的管摊人,带着好销一些的书到广州去开店了,听说生意还不错呢。现在的"华记"已不如从前远甚,可是因为地利的关系(因为这是这条街第一个摊子,经荷里活道拿下旧书来卖的,第一先经过他的手,好的便宜的,他有选择的优先权),有时还有一点好东西。

在楼梯街,当你走到了"华记"的时候,书市便到了尽头。那时你便向左转,沿着荷里活道走两三百步,于是你便走到鸭巴甸街口。

鸭巴甸街的书摊名声还远不及楼梯街的大,规模也比较小一点,书类也比较新一点。可是那里的书,一般地说来,是比较便宜点。下坡左首第一家是"黄沛记",摊主是世业旧书的,所以对于木版书的知识,是比其余的丰富得多,可是对于西文书,就十分外行了。在各摊中,这是取价最廉的一个。他抱着薄利多销主义,所以虽在米珠薪桂的时期,虽则有八口之家,他还是每餐可以饮二两双蒸酒。可是近来他的摊子上也没有什么书,只剩下大批无人过问的日文书,和往日收下来的瓷器古董了。"黄沛记"对面是"董莹光",也是鸭巴甸街的一个老土地。可是人们却称呼他为"大光灯"。大光灯意思就是煤油打气灯。因为战前这个摊子除了卖旧书以外还出租煤油打气灯。那些"大光灯"现在已不存在了,而这雅号却留了下来。"大光灯"的书本来是不贵的,可是近来的索价却大大地"离谱"。据内中人说,因为有几次随便开了大价,居然有人照付了,他卖出味道来,以后就一味地上天讨价了。从"董莹光"走下几步,开在一个店铺中的,是"萧建英"。如果你说他是书摊,他一定会跳起来,因为在楼梯街和鸭巴甸街这两条街上,他是惟一有店铺的——虽则是极其简陋的店铺。管店的是兄弟二人。那做哥哥的人称之为"高佬",因为又高又瘦。他从前是送行情单的,路头很熟,现在也差不多整天不在店,却四面奔走着收书。实际上在做生意的是他的十四五岁的弟弟。虽则还是一个孩子,做生意的本领却比哥哥更好,抓定了一个价钱之后,你就莫想他让一步。所以你想便宜一点,还是和"高佬"相商。因为"高佬"收得勤,书摊是常常有新书的。可是,近几月以来,因为来源涸绝,不得不把店面的一半分租给另一个专卖翻版书的摊子了。

在现在的"萧建英"斜对面,战前还有一家"民生书店",是香港惟一专卖线装古书的书店,而且还代顾客装璜书籍号书根。工作不能算顶好,可是在香港却是独一无二的。不幸在香港沦陷后就关了门,现在,如果在香港想补裱古书,除了送到广州去以外就毫无办法了。

鸭巴甸街的书摊尽于此矣,香港的书市也就到了尽头了。此外,东碎西碎还有几家书摊,如中环街市旁以卖废纸为主的一家,西营盘兼卖教科书的"肥林",跑马地黄泥甬道以租书为主的一家,可是绝少有可买的书,奉劝不必劳驾。再等而下之,那就是禧利街晚间的地道的地摊子了。

记诗人许拜维艾尔

二十年前还是默默无闻的许拜维艾尔,现在已渐渐地超过了他的显赫一时的同代人,升到了巴尔拿斯的最高峰上了。和高克多(Cocteau),约可伯(Jacob),达达主义者们,超现实主义者们等相反,他的上升是舒徐的,不喧哗的,无中止的,少波折的。他继续地升上去,像一只飞到青空中去的云雀一样,像一只云雀一样地,他渐渐地使大地和太空都应响着他的声音。

现代的诗人多少是诗的理论家,而他们的诗呢,符合这些理论的例子。爱略特(T. S. Eliot)如是,耶芝(W. B. Yeats)如是,马里奈谛(Marinetti)如是,玛牙可夫斯基(Mayakovsky)如是,瓦雷里(Va'léry)亦未尝不如是。他们并不把诗作为他们最后的目的,却自己制就了樊笼,而把自己幽囚起来。许拜维艾尔是那能摆脱这种苦痛的劳役的少数人之一,他不倡理论,不树派别,却用那南美洲大草原的青色所赋予他,大西洋海底珊瑚所赋予他,喧嚣的"沉默",微语的星和驯熟的夜所赋予他的辽远,沉着而熟稔的音调,向生者,死者,大地,宇宙,生物,无生物吟哦。如果我们相信诗人是天生的话,那么他就是其中之一。

一九三五年,当春天还没有抛开了它的风,寒冷和雨的大氅的时候,我又回到了古旧的巴黎。一个机缘呈到了我面前,使我能在踏上归途之前和这位给了我许多新的欢乐的诗人把晤了一次（我得感谢那位把自己一生献给上帝以及诗的 Abbé Duperray）。

诗人是住在处于巴黎的边缘的拉纳大街（Boulevard Lannes）上，在蒲洛涅林（Bois de Boulogne）附近。在一个阴暗的傍晚，我到了那里。在那清静而少人迹的街道上彳亍着找寻诗人之家的时候，我想起了他的诗句：

> 有着岁月前来闻嗅的你的石建筑物，
> 拉纳大街，你在天的中央干什么？
> 你是那么地远离开巴黎的太阳和它的月亮，
> 竟至街灯不知道它应该灭呢还是应该明，
> 竟至那送牛乳的女子自问，
> 那是否真是屋子，凸出着真正的露台，
> 那在她手指边叮当响着的，是牛乳瓶呢还是世界。

找到了拉纳大街四十七号的时候，天已经开始微雨了，我走到一所大厦的门边，我按铃。铃声清晰地在空敞的门轩中响了好一些时候。一个男子慢慢地走了出来。

"诗人许拜维艾尔先生住在这里吗？"我问。

"在二楼，要我领你去吗？"

"不必，我自己上去就是了。"

我在一扇门前站住。第二次，铃声又响了。这次，来给我开门的是一个女仆，她用惊讶的眼睛望着我，好像这诗人之居的恬静，是很少有异国的访客来搅扰的。

"许拜维艾尔在家吗？"我问。

"在家。您有名片吗?"

她接了我的名片,关了门,领我到一间客厅里,然后去通报诗人。

我在一张大圈椅上坐下来,开始对于这已经是诗人的一部分的客厅,投了短促的一瞥。古旧的家具,先人的肖像,紫檀的镂花中国屏风,厚厚的地毯:这些都是一个普通的法国人家所应有尽有的,然而一想到这些都是兴感诗人,走进他的生活中去,而做着他的诗的卑微然而重要的元行的时候,这些便都被披上了一层异样的光泽了。但是那女仆出来了,她对我说她的主人很愿意见我,虽然他在患牙痛。接着,在开门的声音中,许拜维艾尔已经在门框间现身出来了。

这是一位高大的人,瘦瘦的身体,长长的脸儿,宽阔的前额,和眼睛很接近的浓眉毛,从鼻子的两翼出发下垂到嘴角边的深深的皱槽。虽则已到了五十以上的年龄,但是我们的诗人还显得很年轻,特别是他的那双奕奕有光的眼睛。有许多人是不大感到年岁的重负的,诗人也就是这一类人之一,虽然他不得不在心头时时重整精力,去用他的鲜血给"时间的群马"解渴。

"欢迎你!"这是诗人的第一声,"我们昨天刚听到念你的诗,想不到今天就看到了你。"

当我开始对他说我对于他的景仰,向他道歉我打搅他等等的时候,"不要说这些,"他说,"请到我书房里去坐吧,那里人们感到更不生疏一点。"于是他便开大了门,让我走到隔壁他的书房里去。

任何都不能使许拜维艾尔惊奇,我的访问也不。他和一切东西默契着:和星,和树,和海,和石,和海底的鱼,和墓里的死者。就在相遇的一瞬间,许拜维艾尔已和我成为很熟稔的了,好像我们曾在什么地方相识过一样,好像有什么东西曾把我们系在一起过一样。

我在一张沙发上坐下来,舒适地,像在我自己家中一样。而他,在横身在一张长榻上之后,便用他的好像是记忆中的声音开始说话了:

"是的,我昨晚才听到念你的诗。它们带来了一个新的愉快给我,我向你忏白,我不能有像你的《答客问》那样澄明静止的心。我闭在我的世界中,我不能忘情于它的一切。"

的确,这"无罪的囚徒"并不是一位出世主义者,虽然他竭力摆脱自己,摆脱自己的心。他所需要的是一个更广大深厚得多的世界,包涵日,月,星辰,太空的无空间限制的世界,混合过去、现在与未来的无时间限制的世界;在那里,没有死者和生者的区别,一切东西都是有生命有灵魂的生物。

"我相信能够了解你,"我说,"如果你能够恕我的僭越的话,我可以向你提起你的那首《一头灰色的中国牛》吗?遥远地处于东西两个极端的生物,是有着它们不同的性格,那是当然的,正如乌拉圭的牛沉醉于 Pampa 的太阳和青空,而中国的牛彳亍于青春的稻田中一样,但是却有一种就是心灵也难以把握得住的东西,使它们默契,把它们联在一起,这东西,我想就是'诗'。"

"这倒是真的,"诗人微笑着说,眼睛发着光,"我们总好像觉得自己是孤独地生活着,被关在一个窄狭到有时几乎不能喘息的范围里,因而我们便不得不常常想到这湫隘的囚牢以外的世界,以及这世界以外的宇宙⋯⋯"诗人似乎在沉思了;接着,他突然说:"想不到你对于我的诗那么熟悉。你觉得它怎样,这首《一头灰色的中国牛》?这是我比较满意的诗中的一首。"

"它启发了我对于你的认识,并使我去更清楚地了解你。"

因为说到中国,许拜维艾尔便和我谈起中国来了。他说他曾经历过许多国土,不过他至今引以为遗憾的,便是他尚未到过中国。他说他的友人昂利·米书(Henry Michaux)曾到过中国,写过一本关于中国的书,对他盛称中国之美,说那自认为最文明的欧洲人,在亚洲只是一个野蛮人而已。我没有读过米书的作品,所以也没有和许拜维艾尔多说下去。可是他却兴奋了起来,好像立时要补偿他的憾恨似地,向我询问起旅行中国的问题来,如旅程要多少日子,旅费大概要多少,入境要经过什么手续,生活程度如何,语言的隔膜如何打破等等。而在从我这里得到一个相当的解决之后,他下着这样的结论:

"我总得到中国去一次。"于是他好像又沉思起来了。

我趁空把这书室打量了一下。那是一间长方形的房间,书架上排列着诗人所爱读的书,书案是在近窗的地方,而在案头,我看见一本新出的 Mesures. 窗扉都关闭了,不能望见窗外的远景,而在电灯光下,壁上的名画便格外烘托出来了;在这里面,我辨出了马谛思(Matisse),塞公沙克(D. de Segonzac),比加索(Picasso)等法国当代画伯的作品。我们是在房门的后部,在那里,散放着几张沙发,一两张小几和一张长榻,而我们的诗人便倚在这靠壁的长榻上;榻旁的小几上放着几张白纸,大概是记录诗人的灵感的。

诗人站了起来,在房里走了几步,于是:

"你最爱哪几位法国诗人?"他这样问我。

"这很难说,"我回答,"或许是韩波(Rimbaud)和罗特亥阿蒙(Lautréamont);在当代人之间呢,我从前喜欢过耶麦(Jammes),福尔(Paul Fort),高克多(Cocteau),雷佛尔第(Reverdy),现在呢,我已把我的偏好移到你和爱吕阿尔(Eluard)身上了。你瞧,这样的驳杂!"

听我数说完了这些名字的时候,许拜维艾尔认真地说:

"这也很自然的。除了少数一二人以外,我的趣味也差不多和你相同的。福尔先生是我尤其感激的,我最初的诗集还是他给我写的序文呢。而罗特亥阿蒙!想不到罗特亥阿蒙也是你所爱好的诗人!那么拉福尔格(Laforguo)呢?"

我们要晓得,拉福尔格和罗特亥阿蒙都是颇有影响于许拜维艾尔的,像他们一样,他是出生于乌拉圭国的蒙德维艾陀(Monteviedo)的,像他们一样,他的祖先是比雷奈山乡人,像他们一样,他是法国诗人。在《引力集》中,我们可以看到下面的诗句:

> 不论在什么地方我都掘着他,希望你会从地下出来,
> 我用肘子推开房屋和森林,去看你在不在后面,
> 我会整夜地大开着门窗等着你,
> 面前放着两杯酒,而不愿去沾一沾口。
> 但是,罗特亥阿蒙,
> 你却不来。

"拉福尔格吗?"我说,"可惜我没有多读他的作品,还在我记忆中保存着的,只《来临的冬天》(L'hiver qui vient)等数首而已。"接着,我便对他说起他新近出版的诗集《不相识的朋友们》(Les Amis lnconnus):

"我最近读了你的诗集《不相识的朋友们》。"

"是吗?你已经买了吗?我应该送你一册的,可惜我现在手头

只剩一本了。你读了吗,你的感想怎样?"

我没有直接回答他,却向他念了一节《不相识的朋友们》中的诗句:

> 我将来的弟兄们,你们有一天会说,
> 一位诗人取了我们日常的言语,
> 用一种无限地更悲哀而稍不残忍一点的
> 新的悲哀去,驱逐他的悲哀……

在他的瘦长的脸上,又浮上了一片微笑,一片会心的微笑,一边出神地凝视着我。沉默降了下来。

在沉默中,我听到了六下钟声。我来了已有一个多钟头了,我应该走了。我站了起来:

"对不起,我忘记了你牙痛了,我不该再搅扰你,我应该走了。"

"啊!连我自己也忘了牙痛,我还忘了我已约定牙医的时间了,我们都觉得互相有许多话要说。你住在巴黎吗?我们可以约一个时间再谈,你什么时候有空吗?"

"我明天就要离开巴黎,"我说,"而且不久就要离开法国了。"

"是吗?"他惊愕地说,"那么我们这次最初的见面也许就是最后一次了。"

"我希望我能够再到法国来,或你能够实现你的中国旅行。"

"希望如此吧。不错,我不能这样就让你走的,请你等一等。"他说着就走到后面的房间中去。一会儿,他带了一本书出来:

"这是我的第三本诗集《码头》(Debarcadères),现在已经绝版,在市上找不到的了,请你收了做个纪念吧!"接着他便取出笔来,在题页上写了这几个字:给诗人戴望舒作为我们初次把晤的纪念。茹勒·许拜维艾尔谨赠。

当我一边称谢一边向他告别的时候,他说:

"等一等,我们一道出去吧。我得去找牙医。我们还可以在路上谈一会儿。"

他进去了,我隐隐听见他和家人谈话的声音,接着他便带了大氅雨伞出来,因为外面在下雨。向这诗人的书斋投射了最后一眼,我便走出了。诗人给我开了门,让我走在前面,他在后面跟着。

"你没有带伞吗?"在楼梯上他对我说,"天在下雨。不要紧,你乘地道车回去吗?我也乘地道车,我可以送你到那里。你不会淋湿的。"

到了大门口,他把伞张开了。天在下着密密的细雨,而且斜风吹着。于是,在这斜风细雨中,在淋湿的铺道上,在他的伞下面,我们开始彳亍着了。

"你近来有新作吗?"我问。

"我在写一部戏曲,写成了大约交给茹佛(Louis Jouvet)去演。说起,你看过我的《林中美人》(La Belle au Bois)吗?"

"那简直可以说是一首绝好的诗。而比多艾夫夫妇(Ludmilla et Georges Pitoëff)的演技,那真是一个奇迹!可惜我没有机会再看一遍了。"

我想起了他的诗作的西班牙文选译集。

"我在西班牙的时候读到你的诗的西班牙译本。如果没有读过你的诗的话,人们一定会当你作一个当代西班牙大诗人呢。的确,在有些地方,你是和西班牙现代诗人有着共同之点的,是吗?"

"约翰·加梭(Jean Cassou)也这样说过。这也是可能的事,有许多关系把我和西班牙连联在一起。那些西班牙现代的新诗人们,加尔西亚·洛尔迦(Garcia Lorca),阿尔倍谛(Alberti),沙里纳思(Salinas),季兰(Guilen),阿尔陀拉季雷(Alto'aguirre),都是我的很好的朋友。说起,你也常读这些西班牙诗人的诗吗?"

"我所爱的西班牙现代诗人是洛尔迦和沙里纳思。"

我们转了一个弯,经过了一个小方场,夹着雨的风打到我们的脸上来。许拜维艾尔把伞放低了一些。

"我很想选你一些诗译成中国文,"沉默了一些时候之后我对他说,"你可以告诉我你自己爱好的是哪几首吗?"

"唔,让我想想看。"他接着就沉浸在思索中了。

地道车站到了。当我们默不作声地走下地道去的时候,许拜维艾尔对我说:

"你身边有纸吗?"

我从衣袋里取出一张纸给他。他接了纸,取出自来水笔。于是,靠着一个冷清清的报摊,他便把自己所选的几首诗的诗题写了给我。而当我向他称谢的时候:

"总之,你自己看吧。"他说。

我们走进站去,车立刻就到了。上了拥挤的地道车后,我们都好像被一种窒息的空气以外的东西所封锁住喉咙。我们都缄默着。

Etoile 站快到了,我不得不换车回我的居所去。我向诗人握手告别。

"希望我们能够再见吧!"许拜维艾尔紧紧地握着我的手说。

我匆匆地下了车,茫然在月台上站立着。

车隆隆地响着,又开了,载着那还在向我招手的诗人许拜维艾尔,穿到暗黑的隧道中去。

梅里美小传

泊洛思彼尔·梅里美(Prosper Mérimée)于一千八百零三年九月二十八日生于巴黎。他的父亲约翰·法杭刷·莱奥诺尔·梅里美(Jean – Franeois – Léonor – Mérimée)是一个才气平庸的画家和艺术史家;他的母亲安娜·毛荷(Anna Moreau)也是一位画家。

在这艺术家,同时又是中流阶级者的环境中,是没有感伤成分的,只有明了、良知和某种干燥的冷淡。在那再现着古典的,正确的,遒劲的,规则的图画的画室中,眼睛是惯于正确地观察事物,手是惯于切实地落笔挥毫,所以,在这环境当中长大起来的梅里美,便惯于正确地思想了。

幼年的梅里美,是没有什么出人头地的地方,他是一个少年老成的孩子。从一千八百十一年起,他进了亨利四世学校,在学校里引起他同学的注意的,只是他衣服穿得很精致(这是他母亲的倾向),英文说得很流利而已。因为他的父亲——他和许多英国的艺术家如霍尔克洛甫特(Holcroft),诺尔柯特(Northcote),威廉·海士里特(William Hazlitt)等人都是老朋友——在他很小的时候就教他读英文。他真正的教育,我们可以说是从他的父母那儿得来的。

因此,他很早便显出修饰癖和英国癖:这便是梅里美的持久的特点。

在十八岁时(一八二〇年),他离开了中学。他对于绘画颇有点天才,可是他的在艺术上没有什么大成就的父亲,却劝他不要习画,于是他便去学法律。他毫无兴味地没精打采地读了五年法律,他的时间大都是消磨在个人的读书和工作上,他同时学习着希腊文、西班牙文和英文。他很熟悉赛尔房提斯(Cervantes),洛贝·代·凡加(Lope de Vega),加尔代龙(Caideron)和莎士比亚。他背得出拜伦(Byron)的《东荒》(Don Juan)。同时,他还研究着神学,兵法,建筑学,考铭学,古泉学,魔术和烹调术。他什么都研究到。

但是他的知识欲也并不是没有限制的。在梅里美,只有具体是存在的。纯哲学和纯理学他是不去过问的。他厌恶一切空泛的东西。他只注重客观的世界。他可以说是一个古物学家和年代史家:他以后的著作,全包括在这两辞之中。

他也憎厌一切情感的,纯粹抒情的,忧伤的诗情的东西。当然,他是读着何仙(Ossian)和拜伦。但是,他在"芬加尔之子"的歌中所赏识的,是加爱尔(Gaëls)的文化的色彩,而《东荒》在他看来,也只是一种智慧的讽刺和活动的故事而已。

自一八二〇年至一八二五年,他和巴黎的文人交游,他往来于许多"客厅"之间。他认识了缪赛(Alfred de Musset),斯当达尔(Stendhal 即 Henri Beyle 的笔名),圣·佩韦(Sainte Beuve),古崭(Viotor Cousin),昂拜尔(J. J. Ampère),吉合尔(Gérard),特拉阔(Delacraix)等文士和艺术家。他特别和斯当达尔要好,因为,据朗松(Lanson)说:"他们两人气味相投,憎恶相共。他们两人都爱推翻中流阶级的道德;他们两人都是冷淡无情的,都是观察者;他们嘲笑着浪漫的热兴;他们两人都有心理学的气质。"那时斯当达比梅里美大二十岁,已经以《合西纳和莎士比亚》和《恋爱论》得名了。

他使他这位青年的朋友受了很大的影响。

一千八百二十四年是浪漫派战争爆发的一年。梅里美倾向哪一方面去呢？倾向古典派呢,还是浪漫派？他是青年人,所以,他便应当归浪漫派。然而他却忍耐而缄默着。一切的激昂都使他生厌。他赞成原则而反对狂论。他加入了浪漫派的战线,他先做了一篇散文的诗剧《战斗》(Bataille),完全是受的拜伦的影响,接着又在一天星期日在 Debats 报的文学批评者德莱克吕士(Delecluze)家里宣读他的莎士比亚式的诗剧《克朗威尔》(Cromwell)。这诗剧现在一行也没有遗传下来,我们所知道的,只是那是越了一切古典的程式规范的而已。最后又在 Globe 报上发表了四篇关于西班牙戏曲艺术的论文(一八二四年九月间)。

不久,他做了五篇浪漫的戏曲,假充是从一个西班牙戏曲家 Clara Gazul 那儿译过来的。其中有一篇《在丹麦的西班牙人》(Les Espagnols en Danemark),是很不错的,其余的却只是胡闹。他还假造了 Clara Gazul 的传记,注译等等。这种假造是被人很容易地揭穿了。除了一切青年文士的推崇外,这部书并没有什么大成就。只有一位批评家——梅里美的朋友昂拜尔捧他,说"我们有一个法兰西的莎士比亚了"!

在一千八百二十七年,他又造了一件假货。一本书出来了,是在斯特拉斯堡(Strasbourg)印的,里面包含二十八首歌,题名为《单弦琴或伊力里亚诗选》(La Guzla au choix de Poésies Illyriques),说是一个侨寓在法国的意大利人翻译的。当然,里面还包含许多的关于语言学的研究,一篇关于巴尔干的民俗的论文,和一篇关于原著者的研究。

实际上,这本"单弦琴"从头至尾是梅里美做的。他在这本书的第二版(一八四二)的序文上自己也源源本本地讲出来了。

那时,这位法国的莎士比亚和他的批评家昂拜尔想到意大利和阿特阿特克海岸去旅行。什么都不成问题,成问题的只是钱。于是他们想一个妙法,便是先写一本旅行记,弄到了钱作旅费,然后去看看他们有没有描写错。为了这件事,梅里美不得不去翻书抄书。可是出版之后,却没有卖了几本,这可叫梅里美大失所望。可是歌德却上了他一个当,把这部书大大地称赏了一番。

在一千八百二十八年他发表了一本 La Jaquerie。这是一种用历史上的题材做的戏曲,但是似乎太散漫了。

此书出版后,梅里美便到英国去了。在英国(一八二八年四月至十一月),他认识了将来英国自由党的总秘书爱里思(Ellice)和青年律师沙东·夏泊(Sutton Sbarpe)。后者是一个伦敦的荡子,后来做了梅里美在巴黎的酒肉朋友。

在他的远游中,出了一本 Eamille de Carvaial(一八二八),依然是一本无足重轻的东西。

回国后,他发表了两篇西班牙风味的短剧 Carrosse du Saint-Saereman(一八二九年六月)和 Oceasion(一八二九年十二月)。这两篇编入当时再版的 Clara Gazul 戏曲集中,在全书中可以算是最好的了。

同年,Chronique du temps de Charles IX 出版了(后来梅里美把 temps 改为 règne)。这是梅里美显出自己的长处来的第一本书,里面包含着一列连续的,但是也可以说独立的短篇故事。正如以前的戏曲 La Jaquerie 一样,原是借旧材料写的,但是艺术手腕却异常地高。这部书在当时很轰动一时,我们可以说是像英国的施各德(Walter Scott),但比施各德还紧凑精致。

在一八二九年,他还在《两世界》杂志上发表了他的独立的短篇小说:《马代奥·法尔高纳》(Mateo Falcone),《炮台之袭取》(L'Enlèvement de la redoute),《查理十一世的幻觉》(La Vision de Charles XI),《达曼果》(Tamango)和《托莱陀的珍珠》(La Perle de Tolède),都是简洁精致,可算是短篇中的杰作。

在经过最初的摸索之后,梅里美便渐渐地使他的艺术手腕达于圆熟之境了。他从沙维艾·德·美斯特尔(Xavier de Maistre),第德罗(Diderot),赛尔房提斯(Cervantes)学到了把一件作品范在一个紧凑的框子里,又在这框子里使人物活动的艺术,他从浪漫派诸人那里采取了把作品涂上色彩,又把人物生龙活虎地显出来的方法,他从那由斯当达尔领头的文社那儿理会到正确、简洁的手法。他集合众人的长处而造成了他自己个人的美学。

在一千八百三十年,他旅行到西班牙去。在旅行中,他在《巴黎》杂志上发表了五封通信,那是他在马德里和伐朗西亚写的。在这次旅行他所做的许多韵事中,他可能地认识了那位他后来借来做《珈尔曼》的主角的吉卜赛女子。但他也认识了好些显贵的人们,他和德·戴巴(后名德·蒙谛约)伯爵夫妇做了朋友,他抱过那后来成为法国的皇后的他们的四岁的小女儿。

正在他的旅行期中,法国起了一次革命。当他回国的时候,他便毫不费力地加入胜利者一方面了。他与勃劳季尔家(Brogile)和阿尔古伯爵(Comte d'Argout)有亲友关系,因而进了国务院。他在那里过了三年的放诞生活,什么事也不干,尽管是玩。据他自己说:"在那个时候,我是一个极大的无赖子。"直到和乔治·桑发生了一度短促而"可恨"的关系后,他才放弃了那种无聊生活,而回到文学中,写了一篇 Double Méprise(一八三三,九月)。

在一千八百三十五年，梅里美被任为历史古迹总监察。从那时起，他便埋头用功读书，对于理论和纯粹批评的著作得了一种兴味。他异常忙碌，要工作，要做报告，因而文学便只能算是消遣品了。他的职务使他每年不得不离开巴黎几个月。他四处都走到，从而收集了许多材料。这些札记或印象，梅里美并未全用在他所发表的作品上，大部分都可以在他和友人的通讯上找到。

从一千八百三十五年到一千八百四十年这五年中，梅里美是一心专注在他的新事业上，他的惟一的文学作品（但也还是染着他的古学的研究的色彩的），便是他自己认为杰作的 Vénus de I'Ille。在一千八百三十九年和一千八百四十年，他游历意大利、西班牙（这是第二次了）和高尔斯。

这次游历的印象的第一个结果，便是《高龙芭》。这是他在周游过高尔斯回来之后起草的。在这本书里，我们可以看到梅里美的艺术手腕已到了它的最高点。他的一切的长处都凝聚在这本书里：文体的简洁和娴雅，布局的周密和紧凑，描写的遒劲和正确，人物的个性和活跃，对话的机智和自然，在不断的冲突中的心理的分析的细腻，地方色彩的浓厚和鲜明。所以，虽则梅里美自己说 Vénus de I'Ille 是他的杰作，但大部分的批评家却都推举这一部《高龙芭》。（《高龙芭》里的女主角高龙芭，并非完全是由梅里美创造出来的，那是实有其人的，梅里美不过将她想象化了一点而已。）

意大利的旅行和罗马艺术的研究，引起了他对于古代的兴味。在一千八百四十一年，他发表了两篇罗马史的研究；《社会战争》（La Guerre Sociale）和《加谛里拿的谋反》（La Conjuration de Catilina）。在一八四二年，他一直旅行到希腊、土耳其、小亚细亚。回到巴黎后,他发表了他的《雅典古迹的研究》(一八四二),几月之后,又发表了他的《中世纪的建筑》。

一千八百四十三年十二月十八日,法国国家学院选他为会员(这是由于他的《高龙芭》)。这时梅里美不知怎地又写了一篇小说：Arsène Guillot。但是这本书却颇受人非难。第二年,《珈尔曼》出来了,这是一本一般人很爱读的书,但是,正确地说起来,是比不上《高龙芭》和 Arsène Guillot 的。

在四十三岁的时候,发表了他的《何般教士》(I'Abbe Aubain)(一八四六)后,他忽然抛开了他的理想的著作了。他以后整整有二十年一篇小说也没有写。

从一八四六年至一八五二年这七年间,他写了《侗·贝特尔第一的历史》(Histoire de Don Pèdre ler),他研究俄国文学,他介绍普希金(Poushkin),哥果尔(Gogol),并翻译他们的作品,他研究,他作批评文,他旅行。在一千八百五十二年的时候,他丧了他的慈母——这在他是一个大打击,那时候,他已快五十岁了,他身体也渐趋衰弱了。可是在一千八百五十三年,拿破仑三世和梅里美旧友德·蒙谛约伯爵夫人的女儿结了婚。那个他从前曾经提携过的四岁的小女孩,现在便做了法国的皇后了。大婚后五月,梅里美便进了元老院。于是我们的这位小说家,便成为宫中的一个重要角色了。他过度着锦衣足食的生涯,然而他却并不忘了他的著述,那时如果他不在他的巴黎李勒路(Rue de Lille)的住宅里,不在宫里,他便是在继续的旅行中：有时在瑞士,有时在西班牙,有时又在伦敦。

在一千八百五十六年,他到过苏格兰;几月之后,他淹留在罗若纳(Lausanne);一千八百五十八年,他继续地在艾克斯(Aix),在伦敦,在枫丹白露(Fontainebleau),在意大利。在一千八百六十二年,他出席伦敦的博览会审查会,他受拿破仑三世之托办些外交上的事件。

在这种活跃之下,梅里美渐渐地为一种疲倦侵袭了。他感到生涯已快到尽头;自从他不能"为什么人写点东西"以来,他已变成"十分真正的不幸了"。接着疾病又来侵袭他。为了养病,他不得不时常到南方的加纳(Cannes)去,由他母亲的两个旧友爱佛思夫人(Mrs. Evers)和赖登姑娘(Miss Lagden)照料着他。

守了二十年的沉默,在一千八百六十六年,梅里美又提起笔来写他的小说了。可是重新提起他的小说家的笔来的时候,我们的《高龙芭》《珈尔曼》的作者,却发现他的笔已经锈了。

《青房》(La Chambre bleue,一八六六)和《洛季斯》(Lokis,一八六六)都是远不及他以前的作品。不但没有进展,他的艺术是退化了。

另一方面,他的病也日见沉重。在一千八百七十年九月八日他被人扶持到加纳,十五天之后,九月二十三日,他便突然与世长辞,在临死前他皈依了新教,这是使他的朋友大为惊异的。他的遗骸葬在加纳的公墓里。

悼杜莱塞

美联社十二月二十九日电：七十四岁高龄的美名作家杜莱塞，已于本日患心脏病逝世。

这个简单的电文，带着悲怅，哀悼，给与了全世界爱好自由，民主，进步的人。世界上一位最伟大而且是最勇敢的自由的斗士，已经离开了我们，去作永恒的安息了，然而他的思想，他的行动，却永远存留着，作为我们的先导，我们的典范。

杜莱塞于一八七一年生于美国印第安那州之高地，少时从事新闻事业，而从这条邻近的路，他走上了文学的路。他的文学生活是在一九〇〇年顷开始的。最初出版的两部长篇小说《加里的周围》和《珍尼·葛拉特》使他立刻闻名于文坛，而且确立了他的新现实主义的倾向。

他以后的著作，就是朝着这个方向走过去的，他抓住了现实，而把这现实无情地摊陈在我们前面。《财政家》如此，《巨人》如此，《天才》也如此，像爱米尔·左拉一样，他完全以旁观者的态度去参加生存的悲剧。天使或是魔鬼，仁善或是刁恶，在他看来都是一样的文献，一样的材料，他冷静地把他们活生生地描画下来，而一点也不参加他自己的一点主观。从这一点上，他是左拉一个大弟子。

他的写实主义不仅仅只是表面的发展，却深深地推到心理上去。他是心理和精神崩溃之研究的专家,而《天才》就是在这一方面的他的杰作。

在《天才》之后,他休息了几年,接着他在一九二五年出版了他的《一个美国的悲剧》。这部书,追踪着雨果和陀斯托也夫斯基,他对于犯罪者作了一个深刻的研究。忠实于他的方法,杜莱塞把书中的主人公格里斐士的犯罪心理从萌芽,长成,发展,像我们拆开一架机器似的,一件件地分析出来。到了这部小说,从艺术方面来说,杜莱塞已达到了它们的顶点了。

然而,杜莱塞真能够清清楚楚地看到美国社会的罪恶,腐败,而无动于衷吗?作为一个真正的艺术家,对于这一切肮脏,黑暗,他会不起正义的感觉而起来和它们战斗吗?他所崇拜的法国大小说家左拉,不是也终于加入到社会主义的集团,从象牙之塔走到十字街头吗?

是的,杜莱塞是一个有正义感的艺术家,他之所以没有立刻成为一个战士,是为了时机还没有成熟。

这时,一个新的世界吸引了他:社会主义的苏联。在一九二八年,他到苏联去旅行。他看见了。他知道了。他看到了和资本主义的腐败相反的进步,他知道了人类憧憬着的理想是终于可以实现。从苏联回来之后,他出版了他的《杜莱塞看苏联》,而对于苏联表示着他的深切的同情。苏联的旅行在他的心头印了一种深刻的印象,因而在他的态度上,也起了一个重要的变化。

从这个时候起,他已不再是一个冷静的旁观者,一个明知道黑暗,腐败,罪恶而漠然无动于衷的人了。新的世界已给了他以启示,指示了他的道路,他已深知道单单观察,并且把他所观察到的写出来是不够,他需要行动,需要用他艺术家的力量去打倒这些黑暗，腐败，和罪恶了。

在一九三〇年，他就公开拥护苏联，公开地反对帝国主义者对苏联的进攻，从那个时候起，苏联已成为他的理想国。他说："我反对和苏联的任何冲突，不论那冲突是从哪方面来的。"在一九三一年，这位伟大的作家更显明了他的革命的岗位。他不仅仅把自己限制于对于时局的反应上，却在行动上参加了劳动阶级的斗争。他组织了一个委员会，去揭发出在资本主义的美国，劳动者们所处的地位是怎样地令人不能忍受。他细心地分析美国，研究美国的官方报告，经济状况，国家的统计，预算，并且亲自去作种种的实际调查。经过了长期的研究，调查，分析，他便写成了一部在美国文学史上空前，在他个人的文艺生活中也是特有伟大的作品：《悲剧的美国》，而把它掷到那自在自满的美国资产者们的脸上去。

杜莱塞的这部新著作，可以说是他的巨著《一个美国的悲剧》的续编。在这部书中，杜莱塞矫正了他的过去，他在一九二五年所写的那部小说是写一个美国中产阶级者的个人的悲剧，在那部书中，杜莱塞还是以为资本主义的大厦是不可动摇的。可是在这部新著中呢，美国资本主义的机构是在一个新的光亮之下显出来了。杜莱塞用着无数的事实和统计数字做武器，用着大艺术家的尖锐和把握做武器，把美国的所谓"民主"的资产阶级和社会法西斯的面具，无情地撕了下来。

这部书出版以后，资本主义的美国的惊惶是不言而喻的了，他受到了各方面的猛烈的攻击，他被一些人视为洪水猛兽，然而，他却得到了更广大的人，奋斗着而进步着的人们的深深的同情，爱护。

从这个时候起，他已成为一个进步的世界的斗士了。他参加美国的革命运动,他为《工人日报》经常不断地撰稿,他亲自推动并担任"保卫政治犯委员会"的主席,他和危害人类的法西斯主义作着生死的战斗。西班牙之受法西斯危害,中国之被日本侵略,他都起来仗义发言,向全世界呼吁起来打倒法西斯主义。

　　从这一切看来,杜莱塞之走到社会主义的路上去,决不是偶然的事,果然,在他逝世之前不久,他以七十四的高龄加入了美国共产党,据他自己说,他之所以毅然加入共产党,是因为西班牙大画家比加索和法国大诗人阿拉贡之加入法国共产党,而受到了深深的感动,亦是为了深为近年来共产党在全世界反法西斯斗争中的英勇业绩所鼓舞。在他写给美国共产党首领福斯特的信中,他说:"对于人类的伟大与尊敬的信心,早已成就了我生活与工作的逻辑,它引导我加入了美国共产党。"然而,我们如果从他的思想行动看来,这是必然的结果,即使他没有加入共产党,他也早已是一个共产党了。

　　然而在这毅然的举动之后不久,这个伟大的人便离开了我们。杜莱塞逝世了,然而杜莱塞的精神却永存在我们之间。

望舒诗论

一、诗不能借重音乐,它应该去了音乐的成分。

二、诗不能借重绘画的长处。

三、单是美的字眼的组合不是诗的特点。

四、象征派的人们说:"大自然是被淫过一千次的娼妇。"但是新的娼妇安知不会被淫过一万次。被淫的次数是没有关系的,我们要有新的淫具,新的淫法。

五、诗的韵律不在字的抑扬顿挫上,而在诗的情绪的抑扬顿挫上,即在诗情的程度上。

六、新诗最重要的是诗情上的 nuance 而不是字句上的 nuance.

七、韵和整齐的字句会妨碍诗情,或使诗情成为畸形的。倘把诗的情绪去适应呆滞的,表面的旧规律,就和把自己的足去穿别人的鞋子一样。愚劣的人们削足适履,比较聪明一点的人选择较合脚的鞋子,但是智者却为自己制最合自己的脚的鞋子。

八、诗不是某一个官感的享乐,而是全官感或超官感的东西。

九、新的诗应该有新的情绪和表现这情绪的形式。所谓形式,决非表面上的字的排列,也决非新的字眼的堆积。

十、不必一定拿新的事物来做题材(我不反对拿新的事物来做题材),旧的事物中也能找到新的诗情。

十一、旧的古典的应用是无可反对的,在它给予我们一个新情绪的时候。

十二、不应该有只是炫奇的装饰癖,那是不永存的。

十三、诗应该有自己的 originalité,但你须使它有 cosmopolité 性,两者不能缺一。

十四、诗是由真实经过想象而出来的,不单是真实,亦不单是想象。

十五、诗应当将自己的情绪表现出来,而使人感到一种东西,诗本身就像是一个生物,不是无生物。

十六、情绪不是用摄影机摄出来的,它应当用巧妙的笔触描出来。这种笔触又须是活的,千变万化的。

十七、只在用某一种文字写的,某一国人读了感到好的诗,实际上不是诗,那最多是文字的魔术。真的诗的好处不就是文字的长处。

谈林庚的诗见和"四行诗"[①]

关于"四行诗",林庚先生已写过许多篇文章了,如他在《关于北平情歌》一文中所举出的《什么是自由诗》、《关于四行诗》、《无题之秋序》、《诗的韵律》、《诗与自由诗》等,以及这最近的《关于北平情歌》。一位对于自己的诗有这样许多话说的诗人是幸福的,因为如果他没有说教者的勇气(但我们已看见一两位小信徒了),他至少是有狂信者的精神的。不幸这些文章我都没有机缘看到,而在总括这几篇文章之要义的《关于北平情歌》中,我又不能得到一个林先生的主张之正确的体系。

第一,林先生以为自由诗和韵律诗的分别,只是"姿态"上的不同(提到他的"四行诗"的时候,他又说是"风格"的不同,而"姿态"和"风格"这两个不大切合的词语,也就有着"不同"之处了),而说前者是"紧张惊警",后者是"从容自然"。关于这一点,我们不知道林先生的论据之点是什么?是从诗人写作时的态度说呢,还是从诗本身所表现的东西说?如果就诗人写作时的态度说呢,则韵律诗也有急就之章,自由诗也有经过了长久的推敲才写出来的。如果就诗本身所表现的东西来说呢,则我们所碰到的例子,又往往和

[①] 林庚对本文的答辩《质与文,答戴望舒先生》,载1937年《新诗》第7卷第4期。

林先生所说的相反。如我的大部分的诗作,可以加之以"紧张惊警"这四个绝不相称的形容词吗?郭沫若、王独清的大部分的诗,甚至那些口号式的"革命诗"(这些都不是"四行诗",然而都是音调铿锵的韵律诗),我们能说它们是"从容自然"的吗?

我的意思是,自由诗与韵律诗(如果我们一定要把它们分开的话)之分别,在于自由诗是不乞援于一般意义的音乐的纯诗(昂德莱·纪德有一句话,很可以阐明我的意思,虽则他其他的诗的见解我不能同意;他说:"……句子的韵律,绝对不是在于只由铿锵的字眼之连续所形成的外表和浮面,但它却是依着那被一种微妙的交互关系所合着调子的思想之曲线而起着波纹的")。而韵律诗则是一般意义的音乐成分和诗的成分并重的混合体(有些人竟把前一个成分看得更重)。至于自由诗和韵律诗这两者之孰是孰非,以及我们应该何舍何从,这是一个更复杂而只有历史能够解决的问题。关于这方面,我现在不愿多说一句话。

其次是关于林庚先生的"四行诗"是否是现代的诗这个问题。在这一方面,我和钱献之先生和另一些人同意,都得到一个否定的结论。从林庚先生的"四行诗"中所放射出来的,是一种古诗的氛围气,而这种古诗的氛围气,又绝对没有被"人力车"、"马路"等现在的噪声所破坏了。约半世纪以前掳扯新名词以自表异的诗人们夏曾佑、谭嗣同、黄公度等辈,仍然是旧诗人;林庚先生是比他们更进一步,他并不只掳扯一些现代的字眼,却掳扯一些古已有之的境界,衣之以有韵律的现代语。所以,从表面上看来,林庚先生的四行诗是崭新的新诗,但到它的深处去探测,我们就可以看出它的古旧的基础了。现代的诗歌之所以与旧诗词不同者,是在于它们的形式,更在于它们的内容。结构、字汇、表现方式、语法等是属于前者的;题材、情感、思想等是属于后者的;这两者和时代之完全的调和之下的诗才是新诗。而林庚的"四行诗"却并不如此,他只是拿白话写着古诗而已。林庚先生在他的《关于北平情歌》中自己也说:"至于何以我们今日不即写七言五言,则纯是白话的关系,因为白话不适合于七言五言。"从这话看来,林庚先生原也不过想用白话去发表一点古意而已。

这里,我应该补说:古诗和新诗也有着共同之一点的。那就是永远不会变价值的"诗之精髓"。那维护着古人之诗使不为岁月所斫伤的,那支撑着今人之诗使生长起来的,便是它。它以不同的姿态存在于古人和今人的诗中,多一点或少一点;它像是一个生物,渐渐地长大起来。所以在今日不把握它的现在而取它的往昔,实在是一种年代错误(关于这"诗的精髓",以后有机会我想再多多发挥一下)。

现在,为给"林庚的四行诗是否是白话的古诗"这个问题提出一些证例起见,我们可以如此办:

一、取一些古人的诗,将它们译成林庚式的四行诗,看它们像不像是林庚先生的诗;

二、取一些林庚先生的四行诗,将它们译成古体诗,看它们像不像是古人的诗。

我们先举出第一类的例子来,请先看译文:

日 日

春光与日光争斗着每一天
杏花吐香在山城的斜坡间
什么时候闲着闲着的心绪

得及上百尺千尺的游丝线　（译文一）

这是从李义山的集子里找出来的,但是如果编入《北平情歌》中,恐怕就很少有人看得出这不是林庚先生的作品吧。原文是:

日日春光斗日光
山城斜路杏花香
几时心绪浑无事
及得游丝百尺长　（原文一）

我们再来看近人的一首不大高明的七绝的译文:

离　家

江上海上世上飘的尘埃
在家人倒过出家人生涯
秋烟已远了的蓼花渡口
逍遥的鸥鸟的心在天外　（译文二）

这是从最新寄赠新诗社的一本很坏的旧诗集《豁心集》(沉迹著)中取出来的。原文如下:

江海飘零寄世尘
在家人似出家人
蓼花渡口秋烟远
一点闲鸥天地心　（原文二）

这种滥调的旧涛,在译为白话后放在《北平情歌》中,并不会是最坏的一首。因此我们可以说,把古体诗译成林庚先生的"四行诗"是既容易又讨好。

现在,我们来举第二类的例子吧。这里是不脱前人窠臼的两首七绝和一首七律:

偶　得
春愁恰似江南岸
水满桥头渐觉时
孤云一朵闲花草
簪上青青游子衣　　（译文三）

古　城
西风吹得秋云散
断梦荒城不易寻
瓦上青天无限远
宵来寒意恨当深　　（译文四）

爱之曲
黄昏斜落到朱门
应有行人惜旅人
车去无风经小巷
冬来有梦过高城
街头人影知难久

墙上消痕不再逢
　　回首青山与白水
　　载将一日倦行程　（译文五）

　　这三首诗是从《北平情歌》中译出来的,《偶得》见第三十三页,《古城》见第六十一页,《爱之曲》见第六十七页,译文和原文并没有很大的差异(第三首第四句改变了一点),最后一首,连韵也是步原作的。我们看原文吧:

　　春天的寂寞像江南草岸
　　桥边渐觉得江水又高涨
　　孤云如一朵人间的野花
　　便落在游子青青衣襟上　（《偶得》）

　　西北风吹散了秋深一片云
　　古城中的梦寐一散更难寻
　　屋背上蓝天时悠悠无限意
　　黄昏来的冻意惆怅已无穷　（《古城》）

　　都市里的黄昏斜落到朱门
　　应有着行人们怜惜着行人
　　小巷的独轮车无风轻走过
　　冬天来的寒意天蓝过高城
　　街头的人影子拖长不多久
　　红墙上的幻灭何处再相逢

回头时满眼的青山与白水
　　已记下了惆怅一日的行程　　(《爱之曲》)

　　这就证明了把林庚先生的"四行诗"译成古体诗也是并不困难而且颇能神似的。

　　这些所证明的是什么呢？它们证明了林庚先生并没有带了什么东西给现代的新诗；反之，旧诗倒给了林庚先生许多帮助。从前人有旧瓶装新酒的话，"四行诗"的情形倒是新瓶装旧酒了；而这新瓶，实际也只是经过了一次洗刷的旧瓶而已。

　　在许多新诗人之间，林庚先生是一位有才能的诗人，《夜》和《春野与窗》曾给过我们一些远大的希望，可是他现在却多少给与我们一些幻灭了。听说林庚先生也常常写"绝句"（见英译《中国现代诗选》），那么或者他还没有脱出那古旧的桎梏吧。在采用了这"四行诗"的时候，林庚先生就好像走进了一个大森林中一样，他好像他可以四通八达，无所不至，然而他终于会迷失在里面。

　　而且林庚先生所提创的"四行诗"，还会生一个很坏的影响，那就是鼓励起一些虚荣的青年去做那些类似抄袭的行为，大量地产生一些拿古体诗来改头换面的新诗，而实际上我们的确也陆续看到了几个这一类的例子了。

诗论零札

竹头木屑，牛溲马勃，运用得法，可成为诗，否则仍是一堆弃之不足惜的废物。罗绮锦绣，贝玉金珠，运用得法，亦可成为诗，否则还是一些徒炫眼目的不成器的杂碎。

诗的存在在于它的组织。在这里，竹头木屑，牛溲马勃，和罗绮锦绣，贝玉金珠，其价值是同等的。

批评别人的诗说"如七宝楼台，炫人眼目，拆碎下来，不成片段"，是一种不成理之论。问题不是在于拆碎下来成不成片段，却是在搭起来是不是一座七宝楼台。

西子捧心，人皆曰美，东施效颦，见者掩面。西子之所以美，东施之所以丑的，并不是捧心或颦眉，而是她们本质上美丑。本质上美的，荆钗布裙不能掩；本质上丑的，珠衫翠袖不能饰。

诗也是如此，它的佳劣不在形式而在内容。有"诗"的诗，虽以佶屈聱牙的文字写来也是诗；没有"诗"的诗，虽韵律齐整音节铿锵，仍然不是诗。只有乡愚才会把穿了彩衣的丑妇当作美人。

说"诗不能翻译"是一个通常的错误。只有坏诗一经翻译才失去一切，因为实际它并没有"诗"包涵在内，而只是字眼和声音的炫弄,只是渣滓。真正的诗在任何语言的翻译中都永远保持着它的价值。而这价值,不但是地域,就是时间也不能损坏的。

翻译可以说是诗的试金石,诗的滤箩。

不用说,我是指并不歪曲原作的翻译。

韵律齐整论者说:有了好的内容而加上"完整的"形式,诗始达于完美之境。

此说听上去好像有点道理,仔细想想,就觉得大谬。诗情是千变万化的,不是仅仅几套形式和韵律的制服所能衣蔽。以为思想应该穿衣裳已经是专断之论了(梵乐希:《文学》),何况主张不论肥瘦高矮,都应该一律穿上一定尺寸的制服?

所谓"完整"并不应该就是"与其他相同"。每一首诗应该有它自己固有的"完整",即不能移植的它自己固有的形式,固有的韵律。

米尔顿说,韵是野蛮人的创造;但是,一般意义的"韵律",也不过是半开化人的产物而已。仅仅非难韵实乃五十步笑百步之见。

诗的韵律不应只有浮浅的存在。它不应存在于文字的音韵抑扬这表面,而应存在于诗情的抑扬顿挫这内里。

在这一方面,昂德莱·纪德提出过更正确的意见:"语辞的韵律不应是表面的,矫饰的,只在于铿锵的语言的继承;它应该随着那由一种微妙的起承转合所按拍着的,思想的曲线而波动着。"

定理:

音乐:以音和时间来表现的情绪的和谐。

绘画：以线条和色彩来表现的情绪的和谐。

舞蹈：以动作来表现的情绪的和谐。

诗：以文字来表现的情绪的和谐。

对于我，音乐，绘画，舞蹈等等，都是同义字，因为它们所要表现的是同一的东西。

把不是"诗"的成分从诗里放逐出去。所谓不是"诗"的成分，我的意思是说，在组织起来时对于诗并非必需的东西。例如通常认为美丽的词藻，铿锵的音韵等等。

并不是反对这些词藻、音韵本身。只当它们对于"诗"并非必需，或妨碍"诗"的时候，才应该驱除它们。

唐诗研究(节选)①

到了李白,一切都发展到最高峰,接着新时代到了,新时代的巨人出来了。从这个时代起,诗才走上写实的大路,由浪漫而回到平实,由天上回到人间,由华丽而回到平淡。而这一转变的开山祖,便是杜甫。

八世纪中叶(公元755年)安禄山作乱,时中国太平已久,对于这次大乱,一点准备也没有,故安禄山史思明的叛乱不久便蔓延到北中国,两京破陷,唐室也几乎推翻。后来还是借了外族兵力,始平乱,然中央政府之威权一蹶不振,贞观开元的盛世,便一去不回。这次突兀的大乱,惊醒了一些人们的太平梦。有些人仍旧过着狂醉高歌的生活,有些人还贡谀献媚,但有些人却觉悟了,变严肃了,变深沉了。这期间个人性情固有大关系,但我们看天宝以后的诗坛新趋势不能承认世势之变迁与文学潮流有深切的关系。八世纪下半以后,伟大作家的文学要能表现人生,不是想象的,都是真实的人生,那就是:民间的痛苦,社会的病象,国家的实况,个人的希望与恐惧。所以,杜甫在这个时代出来并不是偶然的。

杜甫(公元712—770年),字子美,本襄阳人,后徙河南巩县。

---

① 戴望舒于1947-1948在上海市立师范专科学校担任教授和系主任,开设唐诗研究和中国古代小说史等课程。本文据其唐诗研究讲稿整理,并加标题。

祖杜审言,亦诗人,称"文章四友"之一。幼聪悟,七岁能诗,九岁作大字,十五岁即与文士相酬应,家贫,二十岁起奔波吴越齐赵间,历十余年,举进士,不中第,困于长安。天宝十年(公元751年)献三大礼赋于明皇,为所赏识,使召集贤诱,命宰相试文章,擢河西尉,不拜,改授右卫率府曹参军。不久禄山起,杜自鄜州奔凤翔途中陷贼,次年始得脱。至凤翔行在所,授左拾遗。以救房琯,出为华州功参军。时关辅大饥,弃官去秦州,又至成州同谷县,自负薪采橡栗,儿女饿者数人。补京兆府功曹,不至。上元二年(公元961年),旧友剑南节度使严武表为节度参谋、检校工部员外郎(《旧唐书》:武与甫世旧,待遇甚隆,甫尝醉武之房,瞪视武曰:严挺之乃有此儿。武虽急暴,不以为忤。《新唐书》云:武以此欲杀之,其母奔救乃止。二说皆不可靠。)居成都浣花里,种竹植树,结庐枕江,纵酒啸饮,与野老田夫相狎,过其悠闲生活。永泰之年(公元765年),武卒,甫无所依,往游东蜀依高适,至而高卒。时蜀中大乱,甫举家避乱荆楚,溯湘以登衡山,因客耒阳游岳祠。大水暴至,涉旬不得食,具令具舟迎之,得还,为设牛炙白酒,大醉,一夕而卒,年五十九。

杜甫的诗,文学史大都分为三个时期,即安史之乱前的诗为第一期,离乱中的诗为第二期,寄居成都以后至逝世的诗为第三期(胡适、郑振铎皆持此说),不过我们还是照陆侃如等的意见,即将第三期又分为入蜀后安逸时期的诗,及离蜀后重又漂泊至逝世时期的诗为妥,因为这两个时期的诗的作风也是不同的。

第一期迄于公元755年,正是杜甫少壮之时,从漂泊的生活而转到受明皇的恩顾,虽则贫穷依旧,可是壮志尚未消磨。在这时期,他所写的《奉赠韦左丞丈二十二韵》诗中,我们就可以看到他的那种自抒抱负气概不可一世的态度,什么"读书破万卷,下笔如有神。赋料杨雄敌,诗看子建亲。李邕求识面,王翰愿卜邻。自谓颇挺出,立登要路津。致君尧舜上,再使风俗淳",等等。可是这种幻想很快地便破灭了,清冷的小官,贫乏的生活,都使他觉得大志无法实现,而这种幻灭在上引的一诗中就已经透露了出来,特别是在《自京赴奉先县咏怀五百字》那首诗中,这幻灭差不多变成绝望的哀号了。这时他从京城至奉先县省妻,入门听见家人号哭,他的小儿子已饿死了,而在路过骊山时,帝王都在欢宴,"朱门酒肉臭,路有冻死骨",便是在这首诗中的。自从他幻灭以后,他便深深地感到了诗人的责任,那便是讽刺当时的朝廷、社会,《丽人行》刺杨贵妃、杨国忠,《兵车行》刺兵祸,《自京赴奉先县咏怀五百字》刺当日政治社会之腐败(在未幻灭以前,尚有些奔走权门的诗,如《李监宅二首》、《赠特进汝阳王二十韵》等)。杜甫虽则失意,却还保持着一种诙谐幽默的风趣,是生成的,一意保持着的。祖杜审言便是一诙谐人。《新唐书》云,审言曰:"老为造化小儿所苦,尚何言?然吾在,久压公等,今且死,固大慰,但恨不见替人耳。"这种祖传的幽默风格,在《今夕行》、《示从孙济》、《戏简郑广文兼呈苏司业》等诗中皆可看出。

第二期即从安史之乱直至入蜀以前(公元 755—759 年),这是大乱时期,他仓皇避难,也曾陷于贼中,好容易赶到凤翔得到一官,不久又贬华州,后又奔走流离,及至成都才有几年安定。说时间,仅短短五年,可是他却身历百苦,流离迁徙,刻不宁息,极人生之不幸,而一般社会所受苦难,更甚于他,因此他的情绪整个转变,而他的作风也因之改变了。此时期的诗,观察愈细密,艺术愈真实,见解愈深沉,意境愈平实蕴藉。这是杜甫的一个重要的时期,而这一时期的诗,遂开了后世社会问题诗的风气。例如他国居长安时所见种种惨状,就有两篇名诗《哀江头》和《哀王孙》。后者特别沉痛,他借了一可怜的王孙,来代表都城残破时皇族遭杀戮的惨状。这是一种新鲜的手法,只摘取诗料中最紧要的一故事,用最具体的写法叙述之,使人从这片段自然想象出那故事的含意及代表之问题。说的是一故事,容易给人一种明了具体之印象,故最动人,以后继作《石壕吏》等,亦用此法,后白居易等新乐府也就是承袭这手法。从凤翔行往鄜州看妻小所写的《北征》和《羌村三首》,皆是他的力作,写天伦的悲欢,人情的深挚,为中国文学中不可多得之作。如《北征》中的"……经年至茅屋,妻子衣百结。……平生所娇儿,颜色白胜雪。见耶背面啼,垢腻脚不袜。……生还对童稚,似欲忘饥渴。……"《羌村三首》中的"……柴门鸟雀噪,归客千里至。妻孥怪我在,惊走还拭泪。……夜阑更秉烛,相对如梦寐。……娇儿不离膝,畏我复却去。……"是多么的感动读者。而这时最有名的"三吏"、"三别",即《新安吏》、《潼关吏》、《石壕吏》、《新婚别》、《垂老别》、《无家别》等六篇,在这些诗里,他把亲见所闻的兵祸惨酷,社会一般苦难的情形,征兵徇役的扰民,官吏的横行不法,都活活地描画出来,到千余年以后的现在,特别是现在,还使我们深深地感动。此外,叙当时战迹的如《悲陈陶》、《悲青坂》,自伤身世的如《喜达行在所三首》,希望太平的如《送灵州李判官》,讽刺尸位的如《洗兵马》,亦皆为此期佳作。

  第三期的时间也很短,从公元761年到765年,只有五年,但在这五年中,他却写了不少诗。此时到了他的晚年,壮志消磨了,希望也破灭了,只是平淡地过日子。由于严武的帮助,他的生活稍得安定,虽然并不宽裕,但比困居长安,奔走避难的乱离生活,毕竟平静得多了。那时中原仍多事,安史之乱经过八年方平定,吐蕃入寇,直打到京畿,中央政府权威旁落,各地的藩镇,都变成了土皇帝,割据局面已经形成。杜甫明白此局面,所以打定主意过他的穷诗人的生活。他并不赞成隐遁的生活,不求出世,只是安贫守分。这时期的诗,大都是写这简单的生活的诗。丧乱的余音自然还未完全忘却,依人的生活自然有不少苦况,幸而杜甫是一个达观的人,所以虽在平淡烦闷的境地,他还能到处找到他的趣味,到处有可以消除愁闷的诗料。他的年纪大了,诗格也更老成了。闲居的生活中讨了不少小诗,纯是天然之趣,随便挥洒,不加雕饰,而风味无穷。这些小诗叙述简单生活的一小片,一小段,一个小故事,一个小感想,一个小印象,这些诗有律体的,但大都为绝句,如《客至》、《江村》(清江一曲抱村流,长夏江村事事幽。自去自来梁上燕,相亲相近水中鸥。老妻画纸为棋局,稚子敲针作钓钩。多病所须惟药物,微躯此外更何求?)、《绝句漫兴九首》、《江畔独步寻花七绝句》(黄四娘家花满蹊,千朵万朵压枝低。留连戏蝶时时舞,自在娇莺恰恰啼。)和《漫成二首》。此外,写景诗《青阳峡》、《飞仙阁》,咏物诗如《萤火》、《铜瓶》之类甚多,以工整见称,与前混成者异趣,亦为同时之作。

第四期,离蜀至逝世,即公元765至770年间之诗。严武死后,军阀争权,蜀中乱作,垂老的诗人便又不得不重新开始他的漂泊生涯了。他南下,欲往诗人高适处,至忠州而高适卒,又移夔州,出三峡,到江陵,迁居公安,又到岳阳、衡州,寓耒阳至于逝世,短短的六年中,他东奔西走,迁徙流转,没有停止,对于一个身经万难的垂老诗人,这是多么可哀啊!他是一餐饱醉而卒的,我们可以想见,他重新流转以后是过着怎样的困苦饥饿的生活。困苦的生活,再加上时时涌到他心头上来的往日的记忆(这一时期的诗,自然是以感伤之作为多了。除了记行旅的诗外,我们可以看到诗人回忆童年之诗,如《壮游》等,哀悼已死的朋友之诗,如《八哀诗》等,追怀往事的诗如《咏怀古迹五首》。在夔州所写的《秋兴八首》,虽传诵后世,其实只是难懂的诗谜,我们不能认为是杰作。

杜甫诗歌之四时期,略如上述。总看起来,有两点该注意。一是关于内容方面的,杜甫侧重写人民的生活、人民的痛苦,当时的政治状态和社会情形无不从他笔中显露出来。《新唐书·本传》称其"善陈时事,律切精深,至千言不少衰,世号诗史"。可是在我们看来,杜甫却是一位真正的人民诗人。他替老百姓说话,他自己也是一个老百姓。关于这一类作品,第二期当然特别多,在第二期以外,也有此类作品,如第一期的《兵车行》,第三期的《盐井》,第四期的《蚕谷行》等都是。二是关于形式方面的。杜甫的诗以工力警炼见长。不唯心胸宽大,想象深邃异乎常人,即在诗的艺术方面,也是最为精工周密,无懈可击。"文章千古事,得失寸心知。"他便是凭着这种慎重的心态去写诗的。他说:"语不惊人死不休",故所作皆经千锤百炼而出。又说"新诗改罢自长吟",可见写了诗还要屡经修改的;又说"晚节渐于诗律细",可见他写诗不断地求工,故在技巧方面达到了最高峰。

杜甫死于大历五年,他的影响到元和长庆间才发扬光大起来,大历贞元间的诗人(如刘长卿、韦应物等),对于他似乎无多大关系。……元和长庆间(9世纪),韩愈、白居易等人,接受了杜甫的遗产,各自开辟了一个崭新的诗的园地,各自率领了一批新的诗人向前进行。他们加强了他们所接受到的影响,尝试了古人所从未尝试过的诗技,他们辟开了古人所未窥的诗的境界。他们统出于一源，但他们却走着各自不同的路：韩愈是走的深险的路，而白居易走的是平浅的路。我们把韩愈这一派姑且定名为"刻意派"，因为他们一方面在文字上竭力求工，另一方面在意境上竭力求深奥奇特。韩愈于诗歌求险，求深，求不平凡，而他的才情弘浩，又足以肆以不穷。他的诗是一种创造，由杜甫所启发出来的创造。宋人沈括云："韩退之诗乃押韵散文耳，虽建美富赡，而格不近诗。"（《苕溪渔隐丛话》卷十八）不知韩以文为诗的这种手法，正是他的长处。他想像奔驰，思路四通八达，传统的诗的格调不能限制他，所以说他把诗格一变是可以的，说他格不近诗就未免误解他了。以后宋诗这种作诗如作文的态度，由他开了先路的；……这一派诗人中有孟郊（公元751—814年），贾岛（公元779—843年）和卢仝（公元780？—835年）等。

　　……从杜甫的内容方面发展开去的是白居易等一派，因其主张诗歌当补察时政，泄导人情，所以暂名之曰"社会派"。在元和长庆时代，这一派的势力比韩愈一派更广大，更深入，第一，因为他们有堂堂正正的主张，自觉地作文学革新运动，其次，他们都采取了平浅易为人了解的诗技，所作的诗一般人都能接受。这派的领袖是白居易、元稹，同时还有张籍、刘禹锡、李绅、李馀、刘猛等。……不过，元白之文学政策主张以及与其主张相符合之诗，流行并不如后人想象之广大，仅流行在士大夫和文人学士之间。其所以没有广大流传，因为元白二人不久就抛开了他们的主张，不写他们的讽谕诗了。元白的讽谕诗大都是在元和初年写的，两人都因多言遭忌而贬了官，扑了一鼻子灰之后，他们就不复贯彻他们的主张，而走上闲适的路。所以，他们的文学革新的主张实行至多不超过七八年，在他们的全集中，符合其主张的诗篇不过二十分之一左右，并为其他的作品掩盖过了。他们所处的时代是没有言论自由的时代,朝中朋党之争十分剧烈,宫廷宦臣势力更为消长。后来他们的政治地位渐高,讽谕诗就难做了。白(居易)处于牛、李两党之间,两面不得罪,抱着"知足忍辱"的主张,诗酒风流。元(稹)则热衷宦途,一心一意做官了。所以当时轰轰烈烈的文艺革新运动,便很快销声匿迹了,这对于社会派,是一个多大的损失!

《爱经》译本序

布勃里乌思·沃维提乌思·拿梭(Publius Ovidius Naso)于公元前四十三年生于苏尔摩,与贺拉斯、加都路思及魏尔吉留思并称为罗马四大诗人。沃维提乌思髫龄即善吟咏,方其负笈罗马学法律时,即以诗集《情爱》为世瞩目。渐乃刻意为诗,秾艳瑰丽,开香奁诗之宗派,加都路思之后,一人而已。

至其生平,无足著录,唯曾流戍玄海之滨,此则为其一生之大关键,《蓬都思书疏》及《哀愁集》,即成于此。盖幽凉寂寞之生涯,实有助于诗情之要渺也。唯其流戍之由,亦莫能详,或谓其曾与沃古斯都大帝孙女茹丽亚有所爱恋,遂干帝怒,致蒙斥逐,顾无可征信,存疑而已。要之以作者之才华,处淫靡之时代,醇酒妇人,以送华年,殆至白发飘零,遂多百感苍凉之叹,亦固其所耳。

沃维提乌思著述甚富,有《爱经》、《爱药》、《月令篇》、《变形记》、《哀愁集》等各若干卷,均为古典文学之精髓。今兹所译《爱经》(ArsAmatoria)三卷,尤有名。前二卷成于公元前一年,第三卷则问世稍后,然皆当其意气轩昂,风流飙举之时。以缤纷之辞藻,抒士女容悦之术,于恋爱心理,阐发无遗,而其引用古代神话故实,尤见渊博,故虽遣意狎亵,而无伤于典雅;读其书者,为之色飞魂动,而不陷于淫佚。文字之功,一至于此,吁,可赞矣!沃氏晚岁颇悔其少作，而于《爱经》，尤自悔艾，因作《爱药》，以为盖愆。顾和凝《红叶》之集，羡门《延露》之词，均以晚年收毁而愈为世珍；古今中外，如出一辙也。

诗不能译，而古诗尤不能译。然译者于此书，固甚珍视，遂发愿以散文译之，但求达情而已。至所据版本，则为昂利·鲍尔奈克（Henri Bornecque）教授纂定本，盖依巴黎图书馆藏十世纪抄本，及牛津图书馆藏九世纪抄本所校订者也。

一九三二年九月一日　译者记

《紫恋》译后记

高莱特女史,她的全名是西陀尼·迦孛丽爱儿·格劳第·高莱特(Sidonie — Galrielle Claudine Colette)。她是现代法国著名的女小说家,戏剧家,新闻记者,杂志编辑及女优,法国人称之为"我们的伟大的高莱特"。她生于一八七三年正月二十八日,在堡根第的一个名叫圣苏佛的小城里。她是茹尔·约瑟及西陀尼·高莱特夫妇的女儿。

高莱特女史从小就爱读书,她在圣苏佛一个旧式小学校里读书的时候,曾遍读了左拉、梅里美、雨果、缪赛、都德等人的著作,但是对于那种孩子气十足的贝洛尔童话之类的书籍,她却不喜欢读。

一八九〇年,因为家庭经济关系,她跟着父母迁到邻城高里尼去。两年以后,高莱特女史与盎利·戈谛哀·维拉尔(Henri Gauthier Villars)结了婚。维拉尔比她年长十四岁,是一个音乐批评家,同时又是以维利(Willy)这个署名在巴黎负盛名的"礼拜六派"小说家。结婚之后,高莱特女史常常将她在学生时代的有趣味的故事讲给维利听,供他以小说材料,因此维利也常常觉得他的妻子也有着能够写小说的天才。

于是在一八九六年,当他们夫妇旅行了瑞士及法国回来之后,高莱特女史开始自己写小说了。在一九〇〇年,她的处女作《格劳第就学记》出版了。这部书是用维利这个署名出版的,虽她取材于幼年时的学校生活,但并不是一种狭义的自传式的小说。这书出版以后,毁誉蜂起,但大家都一致地不相信是维利著的。

从此以后,高莱特女史跻上了法国的文坛。《巴黎少女》(一九〇一)、《持家的格劳第》(一九〇二)、《无辜之妻》(一九〇三)这一套连续性的小说次第地印行了,而书中自传性也逐渐地隐灭了。一九〇四年,她出版了一本清隽绝伦的小品《兽之谈话》,在这部书中,她泄露了深挚的对于动物的慈爱。

一九〇六年,她与维利离婚之后,曾经有一时在哑剧院中演过戏。但是在这种不安定的生活中,她还继续著作。从一九一〇年起,她每年有一部新著出版。

一九一〇年是高莱特女史的著作生活及私生活两方面的重要年份。在著作生活上,她这年出版了《核耐·恋爱的流浪女》,这是一个离婚了的妇人,一个女优的自叙。这是她第一部重要的著作,有许多人都以此书不得龚果尔奖金为可惜的。在私生活方面,则她在这年中与盎利·特·茹望耐尔(Henri de Juvenel),一个著名的政治家及外交家,结了婚。从此以后,在一九一三年,她出版了《核耐》的续编《再度被获》。

一九一三年到一九一九年这时期,是欧洲最活跃最多事的时期,但也是高莱特女史最活动最多事的时期。她除了替《晨报》写许多短篇小说之外,同时还是一个别的报纸上的剧评家,一家书局的编辑,又在《斐迦洛》、《明日》、《时尚》这三家报馆中担任分栏主笔。在大战期中,她又曾当过看护,并且把她丈夫的财产捐助给一所在圣马洛附近的医院。

从一九一九年出版的《迷左》这部短短的小说开始,高莱特女史的倾向于一种极纤微的肉感的描写，格外显著而达到了纯熟的顶点了。一九二〇年出版了《紫恋》[原名《宝宝》(Cheri)，注：男女间亲狎之称也]，描写一个青春年纪的舞男(Gigolo)与一个初入老境的女人的恋爱纠纷。那女人自信有永远把那青年魅惑着的能力，而那青年虽然在与另外一个美貌的少女结婚之后，竟还禁抑不住他对于那个年纪长得可以做母亲的旧情妇的怀恋。于是在挣扎了种种心理及肉体的苦恼之后，他决然舍弃了他的新娘，而重行投入他的旧情妇的怀里。然而，在一瞥见他的旧情妇未施脂粉以前的老态，一种从心底下生出来的厌恶遂不可遏止了。当那风韵犹存的妇人满心怀着的最后之胜利的欢喜尚未低落之前，一个因年老色衰而被弃的悲哀已兜上心来了。在这样的题材下，高莱特女史以她的极柔软的笔调写了这主角二人及其他关系人物的微妙的感觉、情绪与思想。在巴黎，不，差不多全法国、全欧洲，或者竟是全世界的读书界中，激动了一阵热烈的称赞。于是这本短短的小说一下子就销行了一百版以上。直到一九二六年，作者还为了餍足读者的欲望起见，出版了《紫恋》的续编：《宝宝的结局》。

在法国并世作家中，高莱特女史是一个有名的文体家。她在著作的时候非常注意着她的文体。她曾说："我从来没有很容易地写作过，我常常有许多地方要改之又改，删了一些，或是增加一些，在校对的时候，我还要有一些改动的。"又说："我不能在脑子里组织我的文章，我必须在动手写的时候，一面写一面组织。"从这两句话中，我们可见这位被称为"有着文体的天才"的女作家对于她自己的作品是何等的重视，而我们即使从经过了译者的拙笔也还可以感觉得到的她那特殊纤美的风格，又是怎样的绝非得之于偶然啊！

一九三四年七月　译者记

《星座》创刊小言

连日阴霾，晚间，天上一颗星也看不见，但港岸周遭明灯千万，也仿佛是繁星的罗布。倘若你真想观赏星，现在是，在这阴霾的气候，只好权且拿这些灯光来代替了。

沉闷的阴霾的气候是不会永远延续下去的。它若不是激扬起更可怕的大风暴，便是变成和平的晴朗天。大风暴一起，非但永远没有了天上那些星星，甚至会毁灭了港岛上这些权且代替星星的灯光，若是这些阴霾居然有开霁的一天，晴光一放，夜色定然比往昔更为清佳，不但有灿烂的星，更有奇丽的月，那时，港湾里的几盏灯光还算得什么呢。

《星座》现在寄托在港岛上。编者和读者当然都盼望着这阴霾气候之早日终结了。晴朗固好，风暴也不坏，总觉得比目下痛快些。但是，若果不幸还得在这阴霾气候中再挣扎下去，那么，编者唯一渺小的希望，是《星座》能为它的读者，忠实地代替了天上的星星，与港岸周遭的灯光同尽一点照明之责。

跋《山城雨景》①

约在二十年前，上海的文士每逢星期日总聚集在北四川路虬江路角子上的那间"新雅茶室"，谈着他们的作品，他们的计划，或仅仅是清谈。他们围坐在一张大圆桌周围高谈阔论着，从早晨九时到下午一时，而在这一段时间，穿梭地来往着诗人、小说家、戏剧家、散文家和艺术家，陆续地来又陆续地走，也不问到底谁"背十字架"，只觉得自己的确已把一个休暇的上午有趣地度过了而已。

在这集会之中，有两个人物都是以健谈著名的：一个是上海本地的傅彦长，一个是从广东来的卢梦殊。据说他们两人谈起来虽则一个极小的问题也可以谈整日整夜，可是到底这是否是事实，却恕我不能做证人。我可以作证的，就是他们说话的艺术的确是比一般人高而已。而最引人注意的就是他们每人都有一个奇怪的笔名。傅彦长的笔名是穆罗茶，卢梦殊的是罗拔高。

穆罗茶这笔名据说是一个广东朋友给他取的（也许就是卢梦殊吧），"穆罗茶"者，"摩罗差"也。可是我不明白的，就是傅君并不是黑头大汉，而且也并不喜欢干涉吵嘴打架之类的事，怎样会有摩罗差这样的称号。至于"罗拔高"呢，那倒是更容易理解一点。

---

① 《山城雨景》为当时《香岛日报》总编辑卢梦殊（罗拔高）所作。

"罗拔高"者"萝白糕"也。据说梦殊在新雅茶室饮茶的时候独喜萝白糕一味,卢君是广东人,而萝白糕又是广东特产,因而人们就很自然地呼梦殊为"萝白糕",而梦殊又很自然地自呼为"罗拔高"了。

梦殊在当时写作是很丰富的,可惜的是他并没有把那些散见在报章杂志上的文章搜集起来,印成集子,使人有重读的机会。而梦殊自己似乎也对于自己的产物并不珍惜似的,让它们湮埋在故纸堆中。这种对于自己旧作的歧视的态度,现在想起来,倒也确有其理由的。人到中年,是往往深悔少作了。我自己就有着这种感想,而认为那些肤浅的诗句至今还留在世间是一件遗憾。

而这种遗憾,梦殊却并没有。他现在所出版的,却是他的成熟的作品:《山城雨景》。

《山城雨景》是作者的近作的结集。它不是一幅巨大的壁画,却是一幅幅水墨的小品。世人啊!你们生活在你们的小欢乐和小悲哀之中,而一位艺术家却在素朴而淋漓的笔墨之中将你们描画了出来。世人啊,在《山城雨景》之中鉴照一下你们自己的影子吧。

十年前的《星岛》和《星座》

一九三八年五月中,那时我刚从变作了孤岛的上海来到香港不久。《吉诃德爷》的翻译工作虽然给了我一部分生活保障,但是我还是不打算在香港长住下来。那时我的计划是先把家庭安顿好了,然后到抗战大后方去,参与文艺界的抗敌工作,因为那时中华文艺界抗敌协会已开始组织起来了。可是一个偶然的机会却叫我在香港逗留了下来。

有一天,我到简又文陆丹林先生所主办的"大风社"去闲谈。到了那里的时候,陆丹林先生就对我说,他正在找我,因为有一家新组织的日报,正在物色一位副刊的编辑,他想我是很适当的,而且已为我向主持人提出过了,那便是《星岛日报》,是胡文虎先生办的,社长是他的公子胡好先生。说完了,他就把一封已经写好了的介绍信递给我,叫我有空就去见胡好先生。

我踌躇了两天才决定去见胡好先生。使我踌躇的,第一是如果我接受下来,那么我全盘的计划都打消了;其次,假定我担任了这个职务,那么我能不能如我的理想编辑那个副刊呢?因为,当时香港还没有一个正式新文艺的副刊,而香港的读者也不习惯于这样的副刊的。可是我终于抱着"先去看看"的态度去见胡好先生。

看见了现在这样富丽堂皇的星岛日报社的社址,恐怕难以想象——当年初创时的那种简陋吧。房子是刚刚重建好,牌子也没有挂出来,印刷机刚运到,正在预备装起来,排字房也还没有组织起来,编辑部是更不用说了。全个报馆只有一个办公室,那便是在楼下现在会计处的地方。便在那里,我见到了胡好先生。

使我吃惊的是胡好先生的年轻,而更使我吃惊的是那惯常和年轻不会合在一起的干练。这个十九岁的少年那么干练地处理着一切,热情而爽直。我告诉了他我愿意接受编这张新报的副刊,但我也有我的理想,于是我把我理想中的副刊是怎样的告诉了他。胡好先生的回答是肯定的,他告诉我,我会实现我的理想。接着我又明白了,现在问题还不仅在于副刊编辑的方针和技术,却是在于使整个报馆怎样向前走,那就是说,我们面对着的,是一个达到报纸能出版的筹备工作。我不得不承认,我的经验只是整个报馆的一部分。但是我终于毅然地答应下来,心里想,也许什么都从头开始更好一点。于是我们就说定第二天起就开始到馆工作。

一切都从头开始,从设计信笺信封,编辑部的单据,一直到招考记者和校对,布置安排在阁楼的编辑部,以及其他无数繁杂和琐碎的问题和工作。新的人才进来参加,工作繁忙而平静地进行,到了七月初,一切都准备得差不多了。

然而有一个问题却使我不安着,那便是我们当时的总编辑,是已聘定了樊仲云。那个时候,他是在蔚蓝书局当编辑,而这书局的败北主义和投降倾向,是一天天地更明显起来。一张抗战的报怎样能容一个有这样倾向的总编辑呢?再说,他在工作上所表现的又是那样庸弱无能。我不安着,但是我们大家都不便说出来,然而,有一天,胡好先生却笑嘻嘻地走进编辑部来,突然对我们宣说:樊仲云已被我开除了。胡好先生是有先见的,第二年,他便跟汪逆到南京去做所谓"和平救国运动"了。

那个副刊定名为《星座》,取义无非是希望它如一系列灿烂的明星,在南天上照耀着,或是说像《星岛日报》的一间茶座,可以让各位作者发表一点意见而已。稿子方面一点也没有困难,文友们从四面八方寄了稿子来,而流亡在香港的作家们,也不断地给供稿件,我们竟可以说,没有一位知名的作家是没有在《星座》里写过文章的。在编排方面,我们第一个采用了文题上的装饰插图和名家的木刻、漫画等(这个传统至今保持着)。

这个以崭新的姿态出现的报纸,无疑地获得了意外的成功。当然,胡文虎先生的号召力以及报馆各部分的紧密的合作,便是这成功的主因。我不能忘记,在八月二日胡好先生走进编辑部来时的那一片得意的微笑或热烈的握手。

从此以后,我的工作是专对着《星座》副刊了。

然而《星座》也并不是如所预期那样顺利进行的。给与我最大最多的麻烦的,是当时的检查制度。现在,我们是不会有这种麻烦了,这是可庆贺的!可是在当时种种你想象不到的啰唆,都会随时发生。似乎《星座》是当时检查的唯一的目标。在当时,报纸上是不准用"敌"字的,"日寇"更不用说了。在《星座》上,我虽则竭力避免,但总不能躲过检查官的笔削。有时是几个字,有时是一两节,有时甚至全篇。而我们的"违禁"的范围又越来越广。在这个制度之下,《星座》不得不牺牲了不少很出色的稿子。我当时不得不索性在《星座》上"开天窗"一次,表示我们的抗议。后来也办不到了,因为检查官不容我们"开天窗"了。这种麻烦,一直维持到我编《星座》的最后一天。三年的日常工作便是和检查官的"冷战"。

这样,三年不知不觉地过去了。接着,有一天,一九四一年十二月七日的清晨,太平洋战争爆发起来了。虽则我的工作是在下午开始的,这天我却例外在早晨到了报馆。战争的消息是证实了,报馆里是乱哄哄的。敌人开始轰炸了。当天的决定,《星座》改变成战时特刊,虽则只出了一天,但是我却庆幸着,从此可以对敌人直呼其名,而且可以加以种种我们可以形容他的形容词了。

第二天夜间,我带着棉被从薄扶林道步行到报馆来,我的任务已不再是副刊的编辑,而是□□了。因为炮火的关系,有的同事已不能到馆,在人手少的时候,不能不什么都做了。从此以后,我便白天冒着炮火到中环去探听消息,夜间在馆中译电。在紧张的生活中,我忘记了家,有时竟忘记了饥饿。接着炮火越来越紧,接着电也没有了。报纸缩到不能再小的大小,而新闻的来源也差不多断绝了。然而大家都还不断地工作着,没有绝望。

接着,我记得是香港投降前三天吧,报馆的四周已被炮火所包围,报纸实在不能出下去了。消息越来越坏,馆方已准备把报纸停刊了。同事们都充满了悲壮的情绪,互相望着,眼睛里含着眼泪,然后静静地走开去。然而,这时候却传来了一个欺人的好消息,那便是中国军队已打到新界了。

消息到来的时候,在报馆的只有我和周新兄。我们想这消息是不可靠的,但是我们总得将它发表出去。然而,排字房的工友散了,我们没有将它发出去的方法。可是我们应该尽我们最后一天的责任。于是,找到了一张白报纸,我们用红墨水尽量大的写着:"确息:我军已开到新界,日寇望风披靡,本港可保无虞",把它张贴到报馆门口去。然后两人沉默地离开了这报馆。

我永远记忆着这离开报馆时的那种悲惨的景象,它和现在的兴隆的景象是呈着一个明显的对比。

我的辩白
——致文协港粤各位会员先生的信

（1946年2月6日）

文协港粤各位会员先生：

我不得不承认，在读《文艺生活》第2期刊布的那篇《来件二》的时候，我所感到的，是一种超乎沉痛的情感。

我很了解诸君的热情，诸君的良心，诸君的正义感。如果我处于诸君的地位，也许我也会采取和诸君同样的行动，对于自己认为附敌的文人，加以无情的打击。诸君之中也许有人记得，当我以前的妻兄穆时英附逆的时候，便是我亲自在香港文协的大会中揭发他并驱逐他出去的。我绝对同情于诸君的动机，然而，我希望诸君对于我有一个更正确更深切的理解。

也许现在来要求诸君理解是迟了一点，因为我一向以为诸君对于我所处的地位是很明白而不需要多余的解释的，三次的文协座谈会中，诸君从来也没有向我提过质问；在私人之间，诸君也没有向我表示过怀疑；就是在诸君对我提出检举之前，也并没有向我查明事实真相。但是，我始终坚信诸君是具有热情、良心、正义感的人，诸君的检举，也不是对人而是对事，而毫无私人的好恶存在其间的。所以我这迟发的申辩，也是对那种热情、那种良心、那种正义感而发的。

我觉得横亘在我的处境以及诸君的理解之间的,是那日本占领地的黑暗和残酷。因为诸君是生活在自由的土地上,而我却在魔爪下挓苦难的岁月。我曾经在这里坐过七星期的地牢,挨毒打,受饥饿,受尽残酷的苦刑(然而我并没有供出任何一个人)。我是到垂死的时候才被保释出来抬回家中的。从那里出来之后,我就失去了一切的自由了。我的行动被追踪、记录、查考,我的生活是比俘虏更悲惨了。我不得离港是我被保释出来的条件,而我两次离港的企图也都失败了。在这个境遇之中,如果人家利用了我的姓名(如征文事①),我能够登报否认吗?如果敌人的爪牙要求我做一件事,而这件事又是无关国家民族的利害的(如写小说集跋事②),我能够断然拒绝吗?我不能脱离虎口,然而我却要活下去。我只在一切方法都没有了的时候,才开始写文章的(在香港沦陷后整整一年余,我还没有发表过一篇文章,诸君也了解这片苦心吗?),但是我没有写过一句危害国家民族的文字,就连和政治社会有关的文章,我再也一个字都没有写过。我的抵抗只能是消极的、沉默的。我拒绝了参加敌人的文学者大会(当时同盟社的电讯,东京的杂志,都已登出了香港派我出席的消息了),我两次拒绝了组织敌人授意的香港文化协会。我所能做到的,如此而已。也许我没有牺牲了生命来做一个例范是我的一个弱点,然而要活是人之常情,特别是生活下去看到敌人的灭亡的时候。对于一个被敌人

---

① 1944年1月28日,伪《东亚晚报》刊载"香港占领地总督部成立二周年纪念东亚晚报征求文艺佳作"的启事所列"新选委员会"中有作者的名字,这是二十一人"建议书"出具作者"附敌"的证据之一。
② 指作者的《跋〈山城雨景〉》一文。

奸污了的妇女,诸君有勇气指她是一个淫妇吗?对于一个被敌人拉去做劳工的劳动者,诸君有勇气指他是一个叛国贼吗?我的情况,和这两者有点类似,而我的苦痛却是更深沉。

有时我惨然地想,如果我迟一个星期不释放而死在牢里,到现在情形也许会不同吧。于是我对自己起了一个疑问:难道朋友们所要求于我的,仅仅是我的牺牲吗?我难道分得一点胜利的欢乐也是不可能的吗?我自己呢,我觉得幸而我没有死,能够在等待中活下去,而终于如所愿望地看见敌人的毁灭,看见抗战的胜利,看见朋友的归来。我是带着欣喜感动甚至于垂泪的感情看到这一切的,我期待从诸君那里得到慰藉、鼓励、爱。从诸君那里得到一切苦难、委屈、灾害的偿报;我是为了这些才艰苦地有耐心地待下去的。就是现在,我也不断地自问着:我没有白等吗?

也许诸君会问我:"你为什么不早走了呢?不是每一个有良心的文化人都离开了这魔岛吗?"这个问题,使我想起了我的几句诗:

  ……把我遗忘在这里,让我来见见,
  做个证人,做你们的耳,你们的眼,
  尤其做你们的心,来受苦难,磨炼,
  仿佛是大地的一块,让铁蹄蹂践,
  仿佛是你们的一滴血,遗在你们后面……

然而这也仅仅是我对自己的一种自解,现实的情形是更个人的;我是一个过分重感情的人,我有一个所爱的妻子和女儿留在上海,而处于无人照料的地位。在太平洋战争未起来之前几个月,我的妻子因为受了刺激(穆时英被打死,她母亲服毒自尽),闹着要和我离婚,我曾为此到上海去过一次,而我没有受汪派威逼溜回香港来这件事,似乎使她感动了,而在战争爆发出来的时候,她的态度已显然地转好了。香港沦陷后,我惟一的思想便是等船到上海去,然后带她转入内地;然而在这个计划没有实现之前,我就落在敌人宪兵队的魔手中了。而更使我惨痛的,就是她后来终于离开了我,而嫁给了附逆的周黎庵了,这就是我隐秘的伤痕。

如果解释是需要的,这里便是。我在沦陷期的作品,也全部在这里,请诸君公览;我在沦陷期中做过什么,也请诸君加以调查,诸君的一切询问,我都愿意答复。我所要求于诸君的,只是公正的判断和不可少的辨正。我这样向诸君的热情、良心、正义感申诉。专此谨致辞敬礼!

戴望舒谨上 2 月 6 日

致杨静信二则

一

（1949 年 4 月 27 日）

丽萍①：

  到平已月余，可是还没有给你写一封信，这种心情也许你是能理解的吧。我一直对自己说，我要忘记你，但是我如何能忘记！每到一个好玩的地方，每逢到一点快乐的事，我就想到你，心里想：如果你在这儿多好啊！一直到上星期为止，我总以为朵朵暂时不记得你了：从上船起一直到上星期这一个多月中，她从来没有提到你一个字，我以为新年快乐使她忘记了一切，可是，在上星期当她打了防疫针起反应而发高烧的时候，她竟大声喊着："妈咪，你作免呒要我第，顶呒解我第嗨里处！"这呓语泄露出了她一个月以来隐藏着的心情，使我眼泪也夺眶而出。真的，你为什么抛开我们？我们为什么会在这里的啊！

---

① 丽萍，即杨静（1925－1997），浙江海宁人，1942 年与作者结婚，1948 年离异。

可是不要说这些感伤的话了,且把我们分手后的情形告诉你吧。那一天,船一直到晚上九点才开,上船后,我的气喘就好多了。我和二朵朵、卞之琳和邝先生各占一个房舱(大朵朵在我们隔壁的房舱)。房舱很舒服,约等于普通船的头等舱。大菜间也是我们独占的,我们整天在那里玩。伙食也不错,而且餐餐有酒喝。在海上除了第一二天有雾外,一路风平浪静,船上的人,除了大朵朵外,一个晕船的也没有。三月十七日晨,船就到了大沽口,可是并没有当天上岸,因为从北平派来接我们的人,一直到十八日下午才开了小轮船来接我们(我们的船太大了不能一直开到天津)。那天晚上,我们到了塘沽,宿在海关的宿舍里,受着隆重的招待,第二天十九日,塘沽公安局招宴,宴毕,才上了专为我们而备的专车。十二时到天津,市政府又在车站中款待我们,休息了一小时,在四时到了北平,当即来到翠明庄。翠明庄是从前日本人造来做将校招待所的,胜利后国民党拿来做励志社,现在是人民政府拿来做招待民主人士的地方,虽不及北京饭店或六国饭店大,但比前二处更清静而进出自由。我住的三十一号是全庄最好的一间,有客厅、卧室、浴室、贮藏室等四间,小而精致,房中有电话,十分方便。在军调部时代,据说是叶剑英将军住的,而北平解放后人民政府副市长徐冰也曾住在这里,可以算是有历史性的房间了。卧室有两张沙发床,我和二朵朵睡,大朵朵独自睡一张,一个多月来我们就一直生活在这儿。在刚来的那一天,二朵朵高兴兴奋得了不得,变成小麻雀一样的多话了。真的,一切在她都是新鲜的,我一辈子也没有坐过专车,她却第一次坐火车就坐了,高耸着的正阳门,故宫的琉璃瓦,这一切都是照她所说那样,是"从来也没有看见过"的。(以后她还吃了她"从来也没有吃过"的糖葫芦、炒红果、蜜饯、小白梨等。)这里,我们的一切需要他们都管,如洗浴、理发、洗衣、医药等,饭食是每日三餐,早晨吃粥,午晚吃饭,饭菜非常丰富,每餐有鱼有肉,有时是全只的鸡鸭,把嘴也吃高了,不知将来离开此地时怎样呢?

这一个多月差不多是游玩过去的,不是看戏就是玩公园故宫等。孩子们成天跟着我,直到四月一日以后,我才比较松一点。因为她们是在四月一号起进了孔德学校的。孔德学校是北平有名的中小学,虽然现在已不如以前,可是总还不错。因为校长和主任都是认识的,所以她们两人就毫无困难地进了去。大朵朵进了五年级,二朵朵进了幼稚园大班。麻烦的是二朵朵只上半天课,下午还是缠住了我。她现在北京话已说得很不错了。

我身体仍然不大好,所以本来计划从军南下的计划,只能搁起而决定留在北平。也许最近就得到新的工作岗位上去,不再过这种舒适有闲的生活了。我希望仍能带着孩子,可是事情只能到那时再说。政府的托儿所是很好的,好些同志的孩子们都是红红胖胖的,恐怕比我管好得多。

前些日子和二朵朵到颐和园去玩,请朋友照了像,这里寄奉,大朵朵因为在读书,所以没有去。

预料你回信来时我一定不住在这里了,所以你的信还是写下列地址好:"北平宣武门外校场头条二十一号吴晓铃先生转。"

你的计划如何?到法国去呢,到上海去呢,还是留在香港?我倒很希望你到北平来看看,索性把昂朵也带来。现在北平是开满了花的时候,街路上充满了歌声,人心里充满了希望。在香港,你只是一个点缀品,这里,你将成为一个有用的人,有无限前途的人。如果有意,可去找沈松泉设法,或找灵凤转夏衍。我应该连忙声明这是为你自己打算而不是为我。

昂朵好否？你身体如何？请来信告知一切。

望舒 四月二十七日灯下

二

（1949年8月4日）

丽萍：

　　你的信收到已有半个多月了，因为在开文学艺术工作者代表大会，一点空也没有，开完会搬到华北大学来。病了，本来还想搁一搁，二朵朵天天催我写信，只好就写了。现在先把这几个月的生活状态报告你吧：我是在六月初离开翠明庄招待所的，本来应该就到华大来，可是因为大朵朵、二朵朵都还没有放假，所以暂时在离学校很近的北池子八十三号文管会旧剧处住了一个月，等孩子们一放假，接着就开文代大会了，就一家子住到前门外的留香饭店去，一直到七月二十六日才搬到华大来。二朵朵已在幼稚园毕业了，成绩很好，如下：唱歌甲，美术甲，故事甲，工艺乙，常识乙，游戏甲，运动甲，智力程度甲，体格发育甲，操行考查甲。大朵则较差，有一门算术不及格，要补考。二朵朵认识了很多的大朋友，如舒绣文、周小燕等，连我也都不熟的；马思聪家我也常带她去，她和思聪的次女雪雪是好朋友，她认戴爱莲做姑姑。她很有机会接近音乐和舞蹈，然而我哪里有工夫去管她？自从你写信来说要带昂朵来平后，她时常问你什么时候来，你叫我怎样回答她呢？我以为你到这里来也很好，做事和学习的机会都很多，决不会落空的。等一笔船费就是了,一到天津就有人招待你的。如果连船费也没有办法,那么让我去和沈松泉商量,叫他们的货船带你来。我这几天工作上就要有调动,调到国际宣传局去(将来有出国可能),孩子们下半年读书的问题,须待调过去后决定。母亲决计请她来平,因为上海没人照顾,而此地生活比上海便宜。

二朵朵已长了不少,去年的夏衣已短小了,在开文代会的时候,她天天看戏,看了差不多一个月。现在在华大,每天除写一点字以外,就跟同住的孩子们玩,看华大同学排戏,她不断地想你和昂朵,所以你能来就好了。你来了有这些工作可以由你选:进华大学习,进文工团参加音乐或戏剧活动,(音专的贺丽影、郑兴丽都在文工团,马思聪、李凌也在那里。)进电台,其他机关的工作也很多,孩子们也不必自己管,只是要严肃地工作,前途是无量的。广州,不久就要解放,香港畸形的繁荣必然要结束了,你应该为自己前途着想。如果决定来而又可自筹旅费,请即打电报给我(北平煤渣胡同四号沈宝基转戴望舒),告知行期,到天津后找沈松泉(天津马场道三盛里二十五号),他自会招待你,不能筹钱也打电报给我,让我和沈去商量坐他们的船。不过后者要麻烦人家,还是自筹船费的好。来时不必使叶灵凤等人知道,会生许多麻烦。秋天是北平最好的季节,你的女儿日夜望你来。我身体还不错,就是常发病。上月照的一张相,这里寄上。

祝好。

阿宝[1]也有意思来平否?请代致候!

望舒 八月四日

---

[1] 阿宝,即陈实,作者和杨静的朋友。

附：杨静致戴望舒三封信

望舒：

两封信都已收到了。当我收到第一信后因邮政不通。所以曾给一电报您，在未收到您的信之前，也曾有一信寄北京饭店转交给您。此信想您未必能收到，我很感谢您的关怀。

我们在港都很平安，昂朵头上的疮已将痊愈了，只有耳朵旁一点点烂。前个星期，曾经病过一次。大概是因为初次游泳受凉之故。看了医生后，现在已好了。但是身体并不强健。我正预备给她上学，般含道英华女书院招生要有出世纸才有资格报名。

我的生活一如从前，没有多大改变，每星期二、四、六上法文课，也没有找到事情做，偶尔做做经纪赚一点钱。而这是不正常的入息，尤其是最近手头很拮据，不然我倒想由沪转平玩玩。我极想送昂朵来平。她在这里是很寂寞的，常常想念着朵朵。如果北平有工作给我做，生活不致丛生问题，那我即能设法带昂朵来北平。当然我是不敢冒险而行，法国之行，我已取消。这是为了昂朵，我不能遗下她而远行。况且经济方面，也是不可能的事。

以后来信，请详细写些孩子日常生活的情形，我更希望，您能给朵朵受音乐的训练，她的性情喜爱音乐，别埋没了她的天才。告诉朵朵及大朵朵，常给信我，免我挂念着她们的平安，如果她俩需要在港买东西，那就写信给我好了，有便人去平，即可带上了。

朋友们常问起您，我每天总上宝处。她的生活如旧，新波昨天碰见，他将去沪，老蔡已去法国。蔡太太曾找我帮她忙，接东西。她没有钱虽则我是不高兴，但是总觉她可怜，还是愿意替她奔走。

别的朋友,没有遇见,如果您有要事,可给电报我,以后写信别写我的名字,家里不高兴的。

致好!

静
八日

望舒:

两封信今天才收到,一切详知,谢谢您还是那样的关怀我,电报给宝遗失了,所以没有看到。我在八月一日离港到渝去了一趟,十月二日才回来,因此您的信及电报耽搁了一时期,照片一张,同时收到了,旅行了两个月,身体很好,胖了七磅,生活依旧,家里各人都很好,昂朵的疮时愈时发花了很多钱,可是,还不能医好,她的身体并不好,常常看医生,每次游泳后,总发热,现在她长大了很高,也很懂事,没有像从前那样爱哭,不讲理,本来送她到岛幼稚园读书,然而为了头上的疮,便不可以去上学。

我决定来平,过几天我要去找黄先生商量,然后给电报您,我希望自己能筹到一笔钱,但是很不容易,经济拮据得很,欠了别人钱都无法可想。老实说,现在的我,已经变多了。因为没有人管我,而我也很会自爱当心,交际场中已经绝迹,去看看电影,熟朋友家里玩玩。香港也是没有意思的,我是很想能挣扎过来,所以我一定会来平的,常为自己前途焦急,对任何的东西,我都不留恋,也许,我爱孩子的心强极,常梦见朵朵,尤其在离渝前,差不多每天梦见朵朵,于是急忙赶回港对我太影响了。

宝病了一场,痢疾,几乎活不了。她也是那么穷,表妹全家搬到她家里,别的朋友就一无所知,根本就没有遇见过。且我也不爱去谈论他人,自顾不及。孩子们的身体可好,读书问题解决了没有？这是使我最忧心的事。我想一定会替她们解决，这一点，在以前早已信任您了，希望您恨我的心，别放在孩子们身上，假如来平，我一定会给孩子们带些东西及衣服，脚踏车可有钱就买，如果我筹不到一笔钱，那是不可能去平，但愿不要失败，有空叫孩子们给信我为盼，二朵朵写一些字给我看。

　　致
好！

静

一九四九年十月六日

望舒：

　　前信收到否？念念，我暂无法来平，详情已见前信，家里各人都平安，昂朵的疮已痊愈了，但愿以后不会重发，就好了，她的身体也还好，比从前乖得多了，我的一切如旧，生活得更安静，我希望在年底之前，设法筹一笔旅费就妥当了。十月廿九日有友人王缉庵和赵家瑀两位先生转津赴平。我托他们带上一点东西给朵朵，麻烦人家真是不太好意思，您见到他们，谢谢之。另由邮局寄上圣诞卡，在圣诞夜希望您能给孩子们去受洗。孩子应有宗教的认识，总是担忧着她们，因为她们是失去母亲的爱护之下生活着，别让她们有一种遗憾存在内心对她们的影响太大了，我常在梦中惊醒，也许是我太想念之故吧！盼望您们有空之时不断地给信我以免远念，请代致候老太太，谢谢她照顾着孩子们。

　　致好！

静

（一九四九年十月）二十九日

航海日记

"Journal Sentimental"
Excuse moí, jel'ailu,
(jelatroure dans da table
cammune, grand hasard!)
je l'inlitrule ainsi, tu
serais contene.

一九三二年十月八日

今天终于要走了。早上六点钟就醒来。绛年很伤心。我们互相要说的话实在太多了,但是结果除了互相安慰之外,竟没有说了什么话,我真想哭一回。

从振华到码头。送行者有施老伯,蛰存,杜衡,时英,秋原夫妇,呐鸥,王,瑛姊,萸,及绛年。父亲和萸没有上船来。我们在船上请王替我们摄影。

最难堪的时候是船快开的时候。绛年哭了。我在船舷上,丢下了一张字条去,说:"绛,不要哭。"那张字条随风落到江里去,绛年赶上去已来不及了。看见她这样奔跑着的时候,我几乎忍不住我的眼泪了。船开了。我回到舱里。在船掉好了头开出去的时候,我又跑到甲板上去,想不到送行的人还在那里,我又看见了一次绛年,一直到看不见她的红绒衫和白手帕的时候才回舱。

房舱是第 327 号,同舱三人,都是学生。周焕南方大学,赵沛霖中法大学,刁士衡燕大研究院。

饭菜并不好,但是有酒,而且够吃,那就是了。

饭后把绛年给我的项圈戴上了。这算是我的心愿的证物:永远爱她,永远系念着她。

躺在舱里,一个人寂寞极了。以前,我是想到法国去三四年的。昨天,我已答应绛年最多去两年了。现在,我真懊悔有到法国去那种痴念头了。为了什么呢,远远地离开了所爱的人。如果可能的话,我真想回去了。常常在所爱的人,父母,好友身边活一世的人,可不是最幸福的人吗?

吃点心睡着了一会儿,这几天真累极了。

今天有一件使人生气的事,便是被码头的流氓骗去了一百法郎。

一九三二年十月九日

上午在甲板上晒太阳,看海水,和同船人谈话。同船的中国人竟没有一个人能说得上法语的。下午译了一点 Ayala,又到甲板上去,度寂寞的时候。晚间隔壁舱中一个商人何华携 Portwine 来共饮,和同舱人闲谈到十点多才睡。

一九三二年十月十日

照常是单调的生活。译了一点儿 Ayala。下午写信给绛年,家,蛰存,瑛姊,因为明天可以到香港了。

晚上睡得很迟,因为想看看香港的夜景,但是只看见黑茫茫的海。

一九三二年十月十一日

船在早晨六时许到香港,靠在香港对面的九龙码头。第一次看见香港。屋子都筑在山上,晨气中远远望去,像是一个魔法师的大堡寨。我们一行十一人上岸登渡头到香港去,把昨天所写的信寄了,然后乘人力车到先施公司去,在先施公司走了一转,什么也没有买,和林、周二人先归。船上饭已吃过,交涉也无效,和林、周三人饮酒嚼饼干果腹。醉饱之后,独自上码头在九龙车站附近散步。遇见到里昂去的卓君,招待他上船,又请他给我买了一张帆布床。以后呢,上船到甲板上走走,在舱里坐坐而已。

船下午六时开,上船的人很多。有一广东少女很 Charming,是到西贡去的。她说在上海住过四年,能说几句法文,又说她舱中只她一人(她的舱就在我们隔壁)。我看她有点不稳,大约不是娼妓就是舞女。

船开后便有风浪,同舱的赵沛霖大吐特吐,只得跑出来。洗了一个澡就到甲板上去闲坐。一直坐到十点多才睡。

一九三二年十月十二日

下午,那 Cantanaise 来闲谈了。她要打电报,我给她把电报译成了号码陪她去打,可是她要拍电去的堤南是没有电报局的,只得回下来。她要我到西贡时送她上汽车,我也答应了。她姓陈名若兰。在她舱里看她的时候,她穿着一件 Pyjama,颈上挂着一条白金项链,真是可爱。四点钟光景,她迁住二等二十五号去。

夜晚前后,那 Cantanaise 在三等舱中造成一个 Sensation,一个广东青年来找我,问我她是否(是)我们 Sister,Louis Rolle 则向我断定她是一个娼妓,一次二元就够了;一个安南少年来对我说,他常在香港歌台舞榭间看见她,大约不是正经人,而且她还没有护照。同舟中国人常向我开玩笑,好像我已和她有了什么关系似的。真是岂有此理。

临睡之前到甲板上去散步,碰到我们对面舱中的那个法国军官。他从上海到香港包了一个法国娼妓(洋五十元也)。那娼妓在香港下去了。他似乎性欲发得忍不住了,问我有没有法子 couder avec 那几个公使小姐。我对他说那是公使小姐,花钱也没有办法的,他却说 on peut trouver le moijer tont de maine. 小姐们没有男子陪着旅行,我想,真是危险。这三位小姐不知道会不会吃亏呢。

Ayala 还没有译下去,因为饭堂里又热又闷,简直坐不住,真令人心焦。

一九三二年十月十三日

那广东少年姓邓,他今日来找了我好多次,要我陪着他去看陈若兰,大约他看出自己信用不好,找我去做幌子。我陪他去了两次。譬如那 Cantanaise 已有丈夫了。我想她大概是一个外室吧。她要到堤岸去。堤岸叫做 Cholon,故昨日电报没有打通,那广东少年很热心,让他去送她吧。

一九三二年十月十四日

起来写信给绛年,蛰存,家。午时便到西贡了。乘船人凑起钱来,请我做总办去玩。验护照后即下船,步行至 iardin botanigue 去,看了一回,乘洋车返船,真累极了。吃过点心后,和同船人到 marché 去玩,一点也没意思。在归途中遇见那广东少年。他把通信处告诉我,并约我六时去。他的通讯处是 Photo Ideal, 74, Boulevard Bonvard.

吃过午饭,即乘车去找他。和他及 Photo Ideal 的老板 Nhu 一同出去。他们还未吃饭,遂先上饭馆。饭后,即到旅馆中去转了一转,我和 Nhu 则在街上等他。Nhu 对我说,邓的父亲稍有几个钱,所以他只是游浪,不务正业,他们是在巴黎认识的,白相朋友而已。邓出来后,我们决定去跳舞,但因时间太早,故先到咖啡店中去坐了一回。十点多钟,跟他们出发去找舞伴,因为西贡是没有舞伴的。我们乘车到了一家安南人的家里。那人家只有三个女人在那里,据说男人已出门做生意了。安南人家的布置很特别,我们所去的一家已经有点欧化了。等那三位安南小姐梳妆好之后,便一同乘车至 Dancing Majestic. 那是西贡最上等的舞场,进去要出门票。音乐很好,又有歌舞女歌舞,感觉尚不坏。可是我很累,很少跳。到二点多钟,始返。他们要我住到那三位小姐家里去,我没有去。那三位安南小姐的名字是 Alice Tniu, Jeanne Duong, Le Hong,舞艺以 Alice 为最佳。

一九三二年十月十五日

起身后和同船人一同出去,预备到 Cholon 去玩,我先去兑钱,中途失散了,找他们不着,便一个人在路上闲逛。寄了信,喝了一瓶啤酒,即回船。他们都在船中了。他们与车夫闹了起来,不会说话,不认识路,只得回来。午饭后,再与他们一同出发到 Cholon 去。先到 marché,乘电车往。Cholon 是广东人群住之处。我们在那儿逛了一回之后，到一家叫太湖楼的酒家喝茶，听歌，吃点心。返西贡后，至 Photo Ideal 去了一趟，辞了邓的约会。到 marché 去买一顶白遮阳帽，天忽大雨，等雨停了才乘车返舟。

西贡天气很热，又常下雨，真糟糕。第一次饮椰子浆。

一九三二年十月十六日

一直睡到吃午饭的时候。午饭后，在船上走来走去，而已。

夜饭后和林华上岸去喝啤酒，回来即睡。船就要在明晨四时开了。

一九三二年十月十七日

起来时船已在大海中航行了。一种莫名其妙的悲哀捉住了我。我真多么想着家，想着绛年啊。带来的牛肉干已经坏了，只好丢在海里。绛年给我的 Sunkist 幸亏吃得快，然而已经烂了两个了。

今天整天为乡愁所困，什么事也没有做。

下午起了风浪，同舱中人，除我以外，都晕了。

在西贡花了许多钱，想想真不该。以后当节省。

一九三二年十月十八日

下午译了一点 Ayala。四点半举行救生演习，不过带上救生筏到甲板上去点了一次名而已。吃过晚饭后又苦苦地想着绛年，开船时的那种景象又来到我眼前了。

明天就要到新加坡，把给绛年，蛰存，家，瑛姊的信都写好了。

一九三二年十月十九日

上午九时光景到了新加坡，船靠岸的时候有许多本地土人操着小舟来讨钱,如果我们把钱丢下水去,他们就跃入水中去拿起来,百不失一。其中一老人技尤精,他能一边吸雪茄,一边跳入水去。上岸后里昂大学的学生们都乘车去逛了。我和林二人步行去寄信,在马路上走了一圈,喝了两瓶桔子汁,买了一份报回来,觉得新加坡比西贡干净得多。

在码头上买了一粒月光石,预备送给绛年。

船在下午三时启碇,据说明天可以到槟榔。

在香港换的美国现洋大上当,只值二十法郎,有的地方竟还不要,而钞票却值到二十五法郎以上。

同舱的刁士衡对我说,他燕大的同学戴维清已把蛰存的《鸠摩罗什》译成英文,预备到美国去发表。

一九三二年十月二十日

船在下午八时抵槟榔(Penang)。上岸后,与同舱人雇一汽车先在大街上巡游,继乃赴中国庙,沿途棕林高耸,热带之星灿然,风景绝佳,至则庙门已闭,且无灯火,听泉声蛙鸣,废然而返。至春满楼,乃下车。春满楼也,槟城之大世界也。吾侪购票入,有土戏,有广东戏,并亦有京戏。我侪巡绕一周并饮桔子水少许后,即出门,绕大街,游新公市(所谓新公市者,赌场而已),市水果,步行返舟。每人所费者仅七法郎。

一九三二年十月二十一日

睡时船已开,盖在今晨六时启碇者也。

译了点 Ayala,余时闲坐闲谈而已。

一九三二年十月二十二日

寂寞得要哭出来,整天发呆而已。

一九三二年十月二十三日

Nostalgie,nostalgie!

一九三二年十月二十四日

上午译了一点儿 Ayala。下午船中报告,云有飓风将至,将窗户都关上了,闷得要命。实际上却一点儿风浪都没有。睡得很早,因为明天一早就要到 Colombo 了。

一九三二年十月二十五日

吃过早饭后,船已进 Colombo 的港口。去验了护照,匆匆地把给绛年和家里的信写好了,然后上岸去。因为船是泊在港中而不靠岸,而公司的船又已开了,乃以五法郎雇汽船到岸上去。在岸上遇到了同船的诸人,和他们同雇了汽车在 Colombo 各地巡游,到的地方有维多利亚公园,佛教庙(庙中神像雕得很好,惜已欧化了,我们进去的时候须脱鞋),Zoo,Museum,无非走马看花而已。回来时寄三信,已不及到船上吃饭,就在埠头上一家 Restaurant 中吃了。饭后在大街中走了一会儿,独自去喝啤酒。回船休息了一会儿,又到岸上去闲逛,独吃了一个椰子浆,走了一圈,才回船。船在九时开。

一九三二年十月二十六——三十日

五天以来没有什么可记的,度着寂寞的时光罢了。印度洋上本来是多风浪的,这次却十分平静,正像航行在内河中一样。海上除大海一望无际外,什么也看不见,只偶然有几点飞鱼和像飞鱼似的海燕绕着船飞翔而已。

一九三二年十月三十一日

昨夜肚疼,今晨已愈,以后饮食当要小心。

下午四时船中有跑马会,掷升官图一类的玩艺儿而已。

晚饭后,看眉月,看繁星,看银河。写信给绛年,蛰存,家。

明天可以到 Djibouti 了。

在船中理发。

一九三二年十一月一日

上午十一时到吉布堤。船并不靠码头。我们吃了中饭后,乘小船(每人二 franc)登岸。从码头走到邮政局,寄了信,即在路上闲走。吉布堤是我们沿路见到的最坏的地方。天气热极,房屋都好像已坍败,路上积着泥,除了跟住我们不肯走的土人外,简直见不到人。我们到土人住的地方去走了一走,被臭气熏了回来,那里脏极了,人兽杂处,而土人满不在乎。有一土人说要领我们去看黑女裸舞,因路远未去,即返舟。

下午四时,船即启碇。

夜间九时船中有跳舞会,我很累,未去。

一九三二年十一月二日

天气很热,不敢做事,整天在甲板上。

一九三二年十一月三日

　　晚上船中开化装舞会,我也去参加,觉得很无兴趣,只舞了一次,很早就回来睡了。

一九三二年十一月四日

　　下午船上有抽签得彩之戏,去看看而已。

一九三二年十一月五日

　　七时抵 Suez,船并不靠岸,上岸去的人简直可以说一个也没有。有许多小贩来卖土货,还有照照片的。我买了一顶土耳其帽,就戴了这帽子照了一张照片。

　　船在二时许赴 Port Said,在 Suez 运河中徐徐航行,两岸漠漠黄沙,弥望无限。上午所写的给绛年,家的信,是在船中发的。

一九三二年十一月六日

　　上午五时许醒来,船已到 Port Said 了。七时起身吃了点心就乘小汽船上岸(13franc),因为船还是不靠岸。

　　波塞是一个小地方,但却很热闹,我们上岸后在大街上东走西看,觉得这地方除了春画可以公开卖和人口混乱外,毫无一点特点。我们在街上足足走了三小时。在书店中买了一册 Vn 回来。吃了中饭后到甲板上去看小贩售物,买了两包埃及烟。

　　船在四时三刻启碇入地中海。

　　天气突然凉起来,大家都换夹衣了。

一九三二年十一月七日

　　今日微有风浪,下午想译 Ayala,因头晕未果。

睡得很早。

一九三二年十一月八日

依然整天没有事做。晚饭后拟好了电报稿,准备到巴黎时发。

林泉居日记

七月二十九日　晴

丽娟又给了我一个快乐:我今天又收到了她的一封信。她告诉我她收到我送她的生日蛋糕很高兴,朵朵也很快乐,一起点蜡烛吃蛋糕。我想象中看到了这一幕,而我也感到快乐了。信上其余的事,我大概已从陈松那儿知道了。

今天徐迟请他的朋友,来了许多人,把头都闹胀了。自然,什么事也没有做成。上午又向秋原预支了百元。是秋原垫出来的。

三十日　晴

上午龙龙来读法文。下午出去替丽娟买了一件衣料,价八元七角,预备放在衣箱中寄给她。又买了一本英文字典、五枝笔,也是给丽娟的。又买了两部西班牙文法,价六元,是预备给胡好读西班牙文用的。不知会不会偷鸡不着蚀把米?到报馆里去的时候,就把书送了给胡好,并约定自下月开始读。

晚间写信给丽娟,劝她搬到前楼去,不知她肯听否?明天可以领薪水,可以把她八月份的钱汇出,只是汇费高得可怕,前几天已对水拍谈过,叫他设法去免费汇吧。

药吃了也没有多大好处。我知道我的病源是什么。如果丽娟回来了，我会立刻健康的。

三十一日　下午雨

今天是月底，上午到报馆去领薪水，出来后便到兑换店换了六百元国币。五百元是给丽娟八月份用，一百元是还瑛姊的。中午水拍来吃饭，便把五百元交给他，因为他汇可以不出汇费。但是他对我说，现在行员汇款是有限制的，是否能汇出五百元还不知道，但也许可以托同事的名义去汇，现在去试试看，如果不能全汇，则把余数交给我。

今天是报馆上海人聚餐的日子，约好先到九龙城一个尼庵去游泳，然后到侯王庙对面去吃饭。午饭后就带了游泳具到报馆去，等人齐了一同去。可是天忽然大雨起来，下个不停，于是决定不去游泳了。五时雨霁，便会同出发，渡海到九龙，乘车赴侯王庙，可是一下公共汽车，天又下雨了。没有法子，只好冒雨走到侯王庙，弄得浑身都湿了。菜还不错，吃完已八时许，雨也停了。出来到深水埔吃雪糕，然后步行到深水埔码头回香港。在等船的时候，灵凤和光宇为了漫画协会的事口角起来，连周新也牵了进去，弄得大家都不开心。正宇和我为他们解劝。到了香港后，又和光宇弟兄和灵凤等四人在一家小店里饮冰，总算把一场误会说明白了。返家即睡。

八月一日　晴

早上报上看见香港政府冻结华人资金，并禁止汇款，看了急得不得了。不知丽娟的钱可以汇得出否？急急跑到水拍处去问，可是他却不在，再跑到上海银行去问，停止汇款是否事实，上海汇款通否？银行却说暂时不收。这使我急得像热锅上的蚂蚁，真不知道怎样才好。回来想想，这种办法大概是行不通的，上海有多少人是靠香港的汇款的，这几天一定有改变的办法出来。心也就放了下来。

下午到中华百货公司买了一套玩具，是一套小型的咖啡具，价三元九角正，预备装在箱中寄到上海去。她看见也许会高兴吧。她要我买点好东西给她玩，而我这穷爸爸却买了这点不值钱的东西（一套小火车要六十余元！），想了也感伤起来了。

昨夜又梦见了丽娟一次。不知什么道理，她总是穿着染血的新娘衣的。这是我的血，丽娟，把这件衣服脱下来吧！

八月二日　晴　晚间雨

早晨又到中国银行去找袁水拍。他说：一般的个人汇款，现在已可以汇了，可是数目很小，每月一千五百元国币，商业汇款还不汇，我交给他的五百元还没有汇出，大概至多汇出一部分。再过一两月给我回音。托人家办事，只好听人家说，催也没用。出来后到上海银行，再去问一问汇款的事。行中人说的话和水拍一样，可是汇费却高得惊人，每国币百元须汇费港币四元九角，即合国币三十余元。还只是平汇，这样说来，五百元的汇费就须一百五十一元，电汇就须一百八十元了，这如何是好！接着就叫旅行社到家中取箱子，可是他们却回答我说，现在箱子已不收了。这是什么道理呢？我说，你们大概弄错了吧，前几星期我也来问过，你们说可以寄的。他们却回答说，从前是可以的，现在却不收了。真是糟糕，什么都碰鼻子，闷然而返。

下午到邮局时收了丽娟的一封信，使我比较高兴了一点。信中附着一张照片,就是我在陈松那里看到过的那张,我居然也得到一张了!从报馆出来后,就去中华百货公司起了一个漂亮的镜框,放在案头。现在,我床头,墙上,五斗橱上,案头,都有了丽娟和朵朵的照片了。我在照片的包围之中过度想象的幸福生活。幸福吗?我真不知道这是幸福还是苦痛!

一件事忘记了,从中国银行出来后,我到秋原处去转了转,因为他昨天叫徐迟带条子来叫我去一次,说有事和我谈。事情是这样的:天主堂需要一个临时的改稿子的人,略有报酬,他便介绍了我。我自然答应了下来,多点收入也好。事情说完了之后……就走了出来。

三日 雨

上午到天主堂去找师神父,从他那儿取了两部要改的稿子来。报酬是以字数计的,但不知如何算法,也不好意思问。晚间写信给丽娟,告诉她汇款的困难问题,以及箱子不能寄,关于汇款,我向她提出了一个办法,就是叫她每两月到香港来取款一次。但我想她一定不愿意,她一定以为我想骗她到香港来。

四日 晴

陆志庠对我说想吃酒,便约他今晚到家里来对酌。这几天,我感到难堪的苦闷,也可以借酒来排遣一下。下午六时买了酒和罐头食品回来,陆志庠已在家等着了。接着就喝将起来。两人差不多把一大瓶五加皮喝完,他醉了,由徐迟送他回去。我仍旧很清醒,但却止不住自己的感情,大哭了一场,把一件衬衫也揩湿了。陈松阿四以为我真醉了,这倒也好,否则倒不好意思。

徐迟从水拍那里带了三百元来还我,说没有法子汇,其余的二百元呢,他无论如何给我汇出。这三百元如何办呢?到上海银行去,我身边的钱不够汇费。没有办法的时候,到十一二号领到稿费时电汇吧,汇费纵然大也只得硬着头皮汇了!

今天下午二时许,许地山突然去世了。他的身体是一向很好的,我前几天也还在路上碰到他,真是想不到!听说是心脏病,连医生也来不及请。这样死倒也好,比我活着受人世最大的苦好得多了。我那包小小的药还静静地藏着,恐怕总有那一天吧。

八月五日　晴

上午又写了一封信给丽娟,又把六七两月的日记寄了给她。我本来是想留着在几年之后才给她看的,但是想想这也许能帮助她使她更了解我一点,所以就寄了给她,不知她看了作何感想。两个月的生活思想等等,大致都记在那儿了,我是什么也不瞒她的,我为什么不使她知道我每日的生活呢?

中午许地山大殓,到他家里去吊唁了一次。大家都显着悲哀的神情,也为之不欢。世界上的人真奇怪,都以为死是可悲的,却不知生也许更为可悲。我从死里出来,我现在生着,惟有我对于这两者能作一个比较。

六日　晴

前些日子,胡好交了一本稿子给我,要我给他改。这是一个名叫白虹的舞女写的,写她如何出来当舞女的事。我不感兴趣,也没有工夫改,因此搁下来了。后来徐迟拿去看,说很好,又去给水拍看,也说好。今天他们二人联名写了一封信,要我交给胡好,转给那舞女,想找她谈谈。这真是怪事了。但我知道他们并不是对女人发生兴趣,他们是想知道她的生活,目的是为了写文章。我把信交给胡好,胡好说,那舞女已到重庆去了。这可使徐迟他们要失望了吧。

好几天没有收到丽娟的信了。又苦苦地想起她来,今夜又要失眠了。

七日 晴

昨天龙龙来读法文的时候对我说,她父亲说,大夏大学决定搬到香港来(一部分),要请我教国文。所以今天吃过饭之后,我便去找周尚,问问他到底如何情形。他说,大夏在香港先只开一班,大学一年级,没有法文,所以要请我教国文。可是薪水也不多,是按钟点计算的,每小时二元。每星期五小时,这就是说每月只有四十元,而且还要改卷子。这样看来,这个事情也没有什么好,我是否接受还不能一定,等将来再看吧。

今天阴历是闰六月十五,后天是丽娟再度生日,应该再打一个电报去祝贺她。

八日 晴

吃中饭的时候,徐迟带了一个袁水拍的条子来,说二百元还不能汇,但是他在上海有一点存款,可以划二百元给丽娟,他一面已写信给他在上海的朋友,一面叫我写信告诉丽娟。我收到条子后,就立刻写信给丽娟,告诉她取款的办法。

饭后去寄信的时候,使我意外高兴的,是收到了一封丽娟的信,告诉我她已搬到了中一村,朵朵生病,时彦生活改变,又叫我买二张马票。真是使人不安。朵朵到了上海后常常生病,而她在香港时却是十分康健的。我想还是让朵朵住到香港来好吧。时彦也很使我担忧。穆家的希望是寄在他身上,而现在他却像丽娟所说的"要变第二个时英了"!这十年之中,穆家这个好好的家庭会变成这个样子,真是使人意想不到的。财产上的窘急倒还是小事,名誉上的损失却更巨大。后一代的人,几乎没有一个例外,都过着向下的生活,先是时英时杰,现在是丽娟时彦,这难道是命运吗?岳母在世发神经时所说"鬼寻着"的话,也许不是无因的……关于时彦,我想一方面是环境的不好,另一方面丽娟的事也是使他受了刺激的。在上海的时候,我就看见他为了丽娟的事而失眠。他想想一切都弄得这样了,好好做人的勇气自然也失去了。

但愿时彦和丽娟两个人都回头吧!他们是穆家惟一有点希望的人!

现在已二时,今天恐怕又要睡不好了。

九日　晴

早上九点钟光景,徐迟来叫醒了我说陈松昨夜失窃了!她把一共五十元光景的钱分放在两个皮匣里,藏在抽斗中,可是忘记把抽斗锁上了。偷儿从窗中爬进来,把这钱取了去。时候一定是在半夜四时许,因为我在三时还没有睡着。后来沈仲章上来说,贼的确是四点钟光景来的。他听见狗叫声,马师奶也听见狗叫声而起来,看见一个人影子闪过。奇怪的是贼胆子竟如此大,奇怪的是徐迟夫妇会睡得这样熟,奇怪的是我住到这里那样长又没有失窃过,而陈松来了不久就被窃了。这也是命运吧。陈松很懊丧,因为她所有的钱都在那里了。徐迟去报了差馆。差馆派了人来问了一下。可是这钱是没有找回来的希望了。

今天打了一个贺电给丽娟,贺她今年再度的生日。

晚间马师奶请吃夜饭,有散缪尔等人。马师奶说,巴尔富约我们明天到他家里去吃茶。我又有好久没有看见他了,可是实在怕走那条山路。

十日　晴

今天是星期日,上午到报馆里去办了公,下午便空出来了。吃过午饭之后,我提议到浅水湾去游泳,因为陈松自从失了钱以来,整天愁着,这样可以忘掉。于是大家决意先到浅水湾,然后到巴尔富家去吃点心。决定了便立即动身到油麻地坐公共汽车去。在公共汽车上遇到了许多人,乔木、夏衍等等,他们也是去游泳的,便一起出发。浅水湾的水还是很脏,水面上满是树枝和树叶,可是我们仍然在那里玩了长久,因为熟人多的原故,连时光的过去也不觉得了。出水后已五时许,坐了一下后,即动身到巴尔富家去。

在走上山坡的时候,我忽然想起丽娟和朵朵来,去年或是前年的有一天下午,我们一同踏着这条路走上去过,其情景正像现在的徐迟夫妇和徐律一样。但是这幸福的时候离开我已那么远那么远了! 在走上这山坡的时候,丽娟,你知道我是带着怎样的惆怅想着你啊! 到了山顶的时候,巴尔富和马师奶已等了我们长久了,于是围坐下来饮茶吃点心,并随便闲谈,一直谈到天快晚的时候才下山来。下山来却坐不到公共汽车,每辆车子都是客满,没办法了,只好拔脚走,一直走到快到香港仔的时候,才拦到一辆巴士,坐着回来。匆匆吃了夜饭就上床,因为实在疲倦极了。

十一日　晴

上午到报馆去领稿费，出来随即把丽娟的三百元交上海银行汇出去，恐怕她又等得很急了吧。汇费是十七元七角四分港币，真是太大了，上次汇五百元的时候，我觉得十七元余的汇费已太大，不料这次汇三百元都要十七元余。如果再加，如何能负担呢？

银行里出来后，又到跑马会去买了三张马票，两张是要寄给丽娟的，一张留着给自己。希望中奖吧！

上午屠金曾对我说，上海同人今天下午到丽池去游泳，叫我也去，所以下午也到报馆去，可是光宇、灵凤等又不想去了。屠氏兄弟周新等以为他们失信，心中不太高兴，便仍旧拉着我去。在丽池游了三小时光景，我觉得已比从前游得进步一点了。在那里吃了点心回来。

十二日　晴

上午写信给丽娟，并把两张马票附寄给她。在信中，我把我收到她的信的那一天的思想告诉了她。……这个天真的人，我希望她一生都在天真之中！我要永远偏护她，不让她沾了恶名。她不了解我也好，我总照着我自己做，我深信是惟一能爱她而了解她，惟一为她的幸福打算的人，等她年纪再大一点的时候，等她从迷梦中清醒过来的时候，她总有一天会知道我的。

身边还余五十余元，交了三十五元给阿四，叫她明天把丽娟去沪时的当赎出来。

十三日　晴

早上阿四把丽娟所典质的东西取了回来，一个翡翠佩针，一个美金和朵朵的一个戒指。见物思人,我又坠入梦想中了。这两个我一生最宝爱的人,我什么时候能够再看见她们啊!在想到无可奈何的时候,我的心总感到像被抓一样地收紧起来。想她们而不能看见她们,拥她们在怀里,这是多么痛苦的事啊!我总得设法到上海去看她们一次,就是冒什么大的危险也是甘愿的!现在还有什么东西使我害怕呢?死亡也经过了,比死更难受的生活也天天过着。我一定得设法去看她们。

晚间到文化协会去讲小说研究,因为是七点半开始的,所以没有吃饭,九时许回家的时候,袁水拍在这里,便和他以及徐迟夫妇到大公司去,他们吃茶我吃饭,回来不久就睡。

十四日　晴

徐迟这人真莫名其妙,对陈松一会儿好,一会儿坏,对朋友也是这样。现在,他自己觉得是前进了,脾气也越来越古怪了。我看到他一张纸,写着说,以后要只和"朋友"来往,即日设法搬到朋友附近去住。所谓"朋友"是指那些所谓"前进"的人,即夏衍,郁风,乔木,水拍等。如果他要搬,我也决不留他,反正他们住在这里我也便宜不了多少。他们管饭以来,菜总是不够吃的。丽娟,你什么时候能够回来啊!

饭间复陆侃如夫妇和吴晓铃的信,又把他们在《俗文学》的稿费寄给他们。

十五日　晴

上午到邮政局去,出于意外地,收到了丽娟在本月七日所发的信。我以前写信请她搬到前楼去,她回信却说宁可省一点钱,将就住在亭子间里。其实这点钱何必省呢？也许因住得不好而生病，反而多花钱。再说，我已答应多的房钱由我来出的。她说她身体不好，轻了六磅，这也是使我不安心的，我真希望她能回到香港来，让我可以好好地服侍她，为她调理。她劝我不要到上海去，看看照片也是一样。唉，哪里能够一样！信上有一句话使我很以为惊喜，即就是她说"也许我过了几天已在香港也说不定。"也许真会有这样的事吧！于是我想到她没有入口证，上海也不能领，就是要来也来不成的，于是在抽斗里找出了她的两张照片，饭后去讨了领证纸，填好了又去找胡好作保，然后送到旅行社请他们去代领。这次是领的两年的，七元，这样可以用得时间长一点。旅行社说现在的领证颇多困难，能否领得犹未可知。出来的时候，颇有点担心，可是总不至于会有什么大困难吧。

出了旅行社又回报馆去，因为今天是十五，是报馆上海同人茶叙的日子。今天约在丽池，既可以饮茶，又可以游泳。发好稿子后，便和他们一同出发去。游泳的仅有周新屠金曾糜文焕和我四人，其余的都坐着吃茶点看着。在那里玩了三时光景，然后回家来。今日领薪。

十六日　晴

昨天收到了丽娟那封信，高兴了一整天，今天也还是高兴着。丽娟到底是一个有一颗那么好的心的人。在她的信上，她是那么体贴我，她处处都为我着想，谁说她不是爱着我呢？一切都是我自己不好，都是我以前没有充分地爱她——或不如说没有把我对于她的爱充分地表示出来。也许她的一切行为都是对我的试验，试验我是否真爱她，而当她认为我的确是如我向她表示的那样，她就会回来了(但是我所表示的只是小小的一部分罢了,我对于她感情深到怎样一种程度,是怎样也不能完全表示的)。正像她是注定应该幸福的一样。我的将来也一定是幸福的,我只要耐心一点等着就是了。这样,我为什么常常要想起那种暗黑的思想呢?这样,在我毁灭自己的时候,我不是犯了大错误吗?我为什么要藏着那包药?这样一想,我对于那包药感到了恐怖,好像它会跳进我口中来似的,我好像我会在糊涂时吞下它去似的。这样,我立刻把这包小小的东西投在便桶中,把它消灭了,好像消灭了一个要陷害我的人一样。而这样心理十分舒泰起来。是的,我将是幸福的,我只要等着就是了。

心里虽则高兴,却又想起丽娟在上海一定很寂寞。我怎样能解她的寂寞呢?叫别人去陪她玩,总要看别人的高兴。周黎庵处我已写了好几封信去,瑛姐、陈慧华等处也曾写了信去,不知她们会不会常常去找找她,以解她的寂寞呢?咳,只要我能在上海就好了。

十七日　晴

晚间写信复丽娟,并把赎当等事告诉她。她来信要我写信给周黎庵,要他教书,所以我又写了一封信给黎庵。不过报酬如何算呢?我们已麻烦他的太多了,这次不能再去花他许多时间。可是信上也不能如何说,还是让丽娟自己去探听他一声吧。

我平常总是五点钟回家后就工作着的,每逢星期六、日,徐迟夫妇要出去的时候,我总感到一种无名的寂寞之感。今天又是星期日,可是吃完晚饭,天忽然下起雨来。这样,徐迟夫妇不出去了,我也能安心地工作写信了。

今天去付了房租。又把母亲的六十元封好了,准备明天去寄。

下午遇见正宇,说翁瑞吾要回上海去。现在忽然想起,给丽娟的衣料等物何不请他带去?他可以交给孙大雨,由丽娟去拿。明日去找他,托托他吧。

十八日　晴

下午带了一包要带到上海去的东西去找翁瑞吾,可是他已经出去了。便把东西留在那儿,并托正宇太太对瑞吾说一声。我想他总答应带的吧。好在东西不多,占不了多少地方。

晚间马师奶请她的三个女学生吃饭,叫沈仲章何迅和我三人做陪客。一个是姓何的,名叫 geitunde,两个姓余的,是姊妹,一叫 maguatt,一忘掉。三个人话很多,说个不停,一直说到十一点光景才走。姓何的约我们大家在下下星期日到赤柱去钓鱼野宴并游水,她在赤柱有一个游泳棚,可以消磨一整天。

十九日　晴

一吃完中饭就去找翁瑞吾,他正在午睡,醒来后,他对我说,他明天就要去上海了,东西可以代为带去,这使我放了一个心。我请他把东西放在大雨家里,让丽娟去拿。然后道谢而出,回家写信告诉丽娟。

从报馆回来的时候,在邮局中取到一封丽娟的信。那是八月十一日发的,还没有收到我的钱,可是却收到了我的日记。我之寄日记把她看,是为了她可以更充分一点地了解我,不想她反而对我生气了。早知如此,我何必让她看呢?她说她的寂寞我是从来也没有想到过,这其实是不然的。我现在哪一天不想到她,哪一个时辰不想到她。倒是她没有想到我是如何寂寞,如何悲哀。我所去的地方都是因为有事情去的,我哪里有心思玩。就是存心去解解闷也反而更引起想她。而她却不想到我。

她来信说周黎庵已经在教她读书了。这很好。我前天刚写出了给黎庵的信,不知现在报酬如何算法?丽娟信上说,书已上了几天,但她已吃不消了。她是不大有长性的,希望她这次能好好地读吧。

二十日　晴

今天是文化协会上课的日子,我还一点也没有预先预备,一直等下午报馆回来后才临时预备了一下。上课的时候,居然给我敷衍了两小时。上完了课,已九时半,肚子饿得要命,一个人到加拿大去吃了一顿西餐,一瓶啤酒。吃过饭坐三号 A,一直坐到摩星岭下车,然后一个人慢慢地踱回家来。这孤独的散步不但不能给我一点乐趣,反而使我格外苦痛。没有月亮的黑黝黝的天,使我想起了那可怕的梦,想起了许多可怕的事。我想到梁蕙在西贡给日本人杀害了(这是我第一次想起她),想到我睡在墓穴里,想到丽娟穿着染血的嫁衣。……一直到回家后才心定一点。

二十一日　晴

从报馆回来的时候,又收到了一封丽娟的信,告诉我电汇的三百元已收到了,但是水拍划的那二百元却没有提起,我想不久总会收到的吧。

她说她也赞成一月来港取钱一次的办法,但是她却很害怕旅行。她说她也许今年年底或明年年初能到香港来一次。这是多么可喜的消息啊！丽娟，我是多么盼望你到香港来。我哪里会强留你住？虽则我是多么愿意永远和你在一起，但是如果这是你所不愿意，我一定顺你的意去做的。……这一点你难道到现在也还不明白啊？

她叫我把箱子在八月底九月初带到上海去，可是陶亢德沈仲章现在都不走，托谁带去好呢？小东西倒还可以能转辗托人，这样大的箱子别人哪里肯带呢？

二十二日　晴

下午中国旅行社打电话来，说丽娟二年入口证已领到了，便即去拿来。

这几天真忙极了，除了天主教的耶稣传，《星座》上的长篇外，还要赶天主堂托我改的稿子，弄得一点空儿也没有，连丽娟的信也没有回，真是要命。今天的日记也只得寥寥几行了。

二十三日　雨

下午灵凤找我吃茶，拿出新总编辑给他的信来给我看。那是一封解职的信，叫他编到本月底，就不必编下去了。陈沧波来时灵凤是最起劲招待的，而且又有潘公展给他在陈沧波面前打招呼的信，想不到竟会拿他来开刀。他要我到胡好那儿去讲，我答应，立刻就去，可是胡好不在。于是约好明天早晨和光宇一起再去找他。

今天徐迟在漫协开留声机片音乐会，并有朗诵诗。我本来就不想去，刚好马师奶来请我吃夜饭，便下楼去了。客人是勃脱兰和山缪儿。谈至十一时，上楼改译稿。睡已二时。

二十四日　阴

　　叶灵凤昨天约我今天早晨到他家里,会同了光宇一同到报馆里去找胡好,所以我今天很早就起来,谁知到了灵凤家里,灵凤还没有起身,等他以及光宇都起来一起到报馆的时候,已经快十一点钟了。我和光宇先去找胡好。胡好在那里,说到灵凤的事的时候,胡好说陈沧波说灵凤懒,而且常常弄错,所以调他。但是胡好说,他并不是要开除他,只是调编别一栏而已。这是陈沧波和胡好不同之处。这里等到一个答复后,便去告诉灵凤。他也安心了。可是陈沧波的这种行为,却激起了馆中同事的公愤。他的目的,无非是要用私人而已。恐怕他自己也不会长久了吧。

　　下午很早就回来,发现抽斗被人翻过了。原来是陈松翻的。我问她找什么,她不说,只是叫我走开,让她翻过了再告诉我,我便让她去翻,因为除了梁蕙的那三封信以外,可以算作秘密的东西就没有了。我当时忽然想到,也许她收到了丽娟的信,在查那一包药吧。可是这包药早已在好几天之前丢在便桶里了。等她查完了而一无所获的时候,我盘问了她许久她才说出来,果然是奉命搜查那包药的。我对她说已经丢了,不知道她相信否?她好像是丽娟派来的监督人,好在我事无不可对人言,也没有什么对不起人的地方,随便她怎样去对丽娟说是了。

　　晚间灵凤请吃饭,没有几样菜,人倒请了十二个,像抢野羹饭似地吃了一顿回来。又赶校天主堂的稿子。

二十五日　雨

　　午饭后把校好的稿子送到天主堂去,可是出于意外地,只收到了十元的报酬,而我却是花上五个晚上工夫,真是太不值得了。下次一定不干了。

报馆里回来的时候,陈松对我说,想请我教法文。我真不知道她读了法文有什么用处,可是我也不便把这意思说出来。丽娟曾劝我要把脾气改得和气一点,所以我虽则已没有什么时间了,却终于硬着头皮答应下来,而且即日起教她。龙龙每星期要白花我三小时光景,而现在她又每天要白花我半小时,这样下去,我的时间要给人白花完了!陈松相当地笨,发音老教不好,丽娟要比她聪明得多呢。

二十六日　雨

今天感到十分地疲劳,头又胀痛得很,晚饭后写信给丽娟,并把入口证寄给她。现在,我感到剧烈的头痛,连日记也不想多写了。

二十七日　晴

今天头痛已好了一点,但是仍感疲倦。大约是这几天工作的时间太多了吧。为此之故,我上午一点事也没有做,可以得到一点休息。但是实际上这一点点的休息又有什么用呢?

徐迟回来午饭的时候带了一封秋原的信来,附着一张法文的合同。这是全增嘏的一个律师朋友托译的,说愿意出一点报酬。我想赚一点外快也好,在夜饭后就试着译。可是这东西不容易译,花了许多时间只译了一点点,而头却又痛起来,就决计不去译它,请徐迟带还秋原去。

收到大雨的信,要我代寄一封信给重庆任泰,可是信是分三封寄来的,要等三封齐了之后才可以代他寄出去。

今天又到文化协会去讲了一小时许诗歌。

二十八日　晴

中饭菜不够吃，我饭吃得很少，到报馆办公完毕，肚子饿得厉害，便一个人到美利坚去吃点心，快吃完的时候，报馆的同事贾纳夫跑到我座位上来，原来他在我后面，我起先没有看见。他便和我闲谈起叶灵凤的事来。后来，他忽然对我说，他最近有一个朋友经过香港回上海去，是丽娟的朋友，在我这次到上海去时和我见过，这次本来想来找我，可是因为时间匆促，所以没有来。这真奇怪极了！我在上海除了极熟的朋友外，简直就一个人也没有遇到过。更奇怪的是贾纳夫说这些话时候的态度，吞吞吐吐地好像有什么秘密在里面似的，好像带着一点嘲笑口吻似的。我立刻疑心到，这人也许就是姓×的那个家伙吧。他到内地去鬼混了一次。口称是为了她去吃苦谋自立，可是终于女人包厌了，趣味也没有了，以为家里可以原谅他仍旧给他钱用，便又回到上海去。我猜这一定是他，又不知他在贾纳夫面前夸了什么口，怎样污辱了她的名誉。我便立刻问贾纳夫这人叫什么名字，他又吞吞吐吐了半天，才说是姓梁叫月什么的（显然是临时造出来的）。我说我不认识这个人，也没见过这个人。他强笑着说，也许你忘记了。这样说着，推说报馆里还有事，他就匆匆地走了。

这真使我生气！……我真不相信这人会真真爱过什么人。这种丑恶习惯中养成的人，这种连读书也读不好的人，这种不习上进单靠祖宗吃饭的人，他有资格爱任何女人吗？他会有诚意爱任何女人吗？他自己所招认的事就是一个明证。他可以对一个女人说，我从前过着荒唐的生活，但是那是因为我没有碰到一个爱我而我又爱她的女人,现在呢,我已找到我灵魂的寄托,我做人也要完全改变了。有经验的女人自然不会相信这种鬼话,但是老实的女人都会受了他的欺骗,心里想:这真是一个多情的人,他一切的荒唐生活都是可以原谅的,第一,因为他没有遇到一个真心爱他的人,其次,他是要改悔成为一个好人,真心地永远地爱着我,而和我过着幸福的生活了。真是多么傻的女人!她不知道这类似的话已对别的女人不知说过多少遍了!如果他那一天吃茶出来碰到的是另一个傻女人,他也就对那另一个傻女人说了!女人真是脆弱易欺的。几句温柔的话,一点虚爱的表示,一点陪买东西的耐心,几套小戏法,几元请客送礼的钱,几句对于容貌服饰的赞词,一套自我牺牲与别人不了解等的老套,一篇忏悔词,如此而已。而老实的女人就心鼓胀起来了,以为被人真心地爱着而真心地去爱他了。这一切,这就叫爱吗?这是对于"爱"这一个字的侮辱。如果这样是叫做爱,我宁可说我没有爱过。

二十九日　晴

下午到报馆去的时候,屠金曾对我说,陈沧波已带了一个编"中国与世界"栏的人来,又不要灵凤发稿了。我以为灵凤的事已结束了,谁知道还是有花样。问题是如此:要看灵凤自己意思如何,如果他可以放弃这一栏而编其他栏,那么就让开,反正胡好已答应不停他的职。如果他决定要编"中国与世界"栏呢,我们也可以硬做。于是便和馆中上海人一齐到中华阁仔去谈论这事。灵凤的主见没有一定,又想仍编这一栏,又怕闹起来位置不保。于是决定今天由他自己再和胡好去相商一次然后再作计较。

饮茶出来,在邮局中收到了丽娟十九日写的信,说水拍划的二百元已收到了。她这封信好像是在发脾气的时候写的。我不知道她为什么又生气,难道我前次信上说让朵朵到香港来,她听了不高兴了吗?她也是很爱朵朵的,她不知道朵朵在港身体可以好一点,读书问题也可以解决了吗?

三十日　晴

小丁来吃中饭。他刚从仰光回来不久,所以我约他再来吃夜饭谈谈。我叫阿四买一只鸡,又买牛肉,徐迟买酒及点心,他自己也带一样菜来。这样一凑,菜酒就不错了。他七时就来,先吃茶点,然后饮酒吃饭,谈谈说说,讲讲笑话,也是乐事,所可惜者,丽娟不在耳。饭后余兴未尽,由小丁请我们到大公司饮冰,十二时许始返。

三十一日　晴

早上睡得正好,沈仲章来唤醒了我。原来今天是何姑娘约定到赤柱去钓鱼的日子,我却早已忘记了。匆匆洗脸早餐毕,马师奶何迅已等了长久了。便一起出发到何家去。何家相当富丽堂皇,原来她是何东的侄女。到了那里,她也等了长久了。余家姊妹不在,说是直接到赤柱了,却另加了赵氏姊妹二人,都是何的表姊。一行七人到码头乘公共汽车去赤柱,何虽则已带了大批食物,沿途又还买了水果等物。到了赤柱,就到她家的游水棚,不久玛格莱特·何也来了,可是她姊姊却没有来。于是除了仲章和马师奶外,大家都下去游水。在这些人之中,我是游得最坏,而且海边石子太多,把我的脚也割破了,浸了一会儿,就独自上岸来和马师奶闲谈。等他们上来,就一同冷餐。冷餐甚丰。饭后躺在榻上小睡一会儿,又下海去游了一下,这时她们坐着小船去叫钓鱼船,叫来后,大家一齐上船。惟有何、余和何迅三人不坐船,跟着船游出去,游了一里多路。船到海中停下来,吃了点心然后钓鱼。钓鱼不用竿子,只用一根线,以虾为饵。起初我钓不着,后来却接连钓到了三条,仲章钓到了一条河豚鱼,因为有毒,弄死了丢下水去。差不多大家都钓到,一共有二十几条,各种各类都有,可惜都不大。其间我曾跳到水中去游了几分钟。那地方水深五十余尺,可是他们都是游水好手,又有船去,所以我敢跳下去,可是一跳下去就怕起来,所以不久就上来了。马师奶也跳下去的,我以为她是不会游的,哪知她游得很好。八时许才回到游水棚,天已黑了。我因为报馆要聚餐,所以不在棚中晚饭,独自先行,可是脱了九点一刻的公共汽车,而且也赶不及聚餐了(在九龙桂园),只好再回游水棚去吃饭。饭后在沙滩上星光下闲谈,余小姐老提出傻问题来问我,如写诗灵感哪里来的之类。乘末班车归,即睡。整天虚度了!

九月一日　晴

　　馆中遇屠金曾,说昨日叙餐未到者,除我外尚有光宇兄弟二人,大众决议,要双倍罚款。

　　馆中出来在邮局收到丽娟八月二十五日写的信。告诉我朵朵病已好了,胖了点,她自己也重了三磅,这使我多么高兴而安慰。她告诉我国文已不再读了,只读英文。这真太没长性了。读英文没有什么大用处,黎庵也不见得教得好,还是仍旧读国文的好。她的国文程度,从写信上看来,已有了一点进步,写字也写得好一点,有了这样的根基,再用一点功一定会大有进步的。读英文她却很少有希望,根底实在太差了。要能够看看普通的书并说几句,恐非三五年不行,她哪里会有这样的耐心呢?

二日　晴

上午写信复丽娟,并问她认不认识贾纳夫所说的那个姓梁的人。看她如何回答我吧。到邮局去寄信的时候,看见有人在用挂号信封保险寄钱到上海,便问局中人是否可寄。局中人说香港可以,上海方面不很清楚。便又去问柳存仁,存仁说,听说上海限一千五百元,到底如何不大清楚,至多退回来,不会收没的。这样,我决计将这月的钱用挂号寄去了,可以省许多汇费,明天向报馆去预支薪水吧。(昨夜梦丽娟)

三日　晴

上午从报馆中借了六十元薪金,预备凑起现在所有的一起寄给丽娟,房金用稿费付。这样就没有问题了。

下午收到了蛰存的信。他很关心我的事。他只听得我和丽娟有裂痕的话,以为她现在得到了遗产,迷恋上海繁华(如果他知道真情,他不知要作何感想呢?)。他劝我早点叫她回来,或索性放弃了。别人都这样劝我,他也如此。……我也不是不明白这种道理,但是我却爱她,我知道她在世界上是孤苦零丁,没有一个真心对她的人。对于我,对于她这两方面说,我不能让她离开我;再说,还有我们的朵朵呢? 说起朵朵,我又想到了她的教育问题。今天午饭的时候,徐迟陈松商量把徐律送到圣司提反幼稚园去,我想到朵朵在上海过寂寞的生活,不能受教育,觉得很感伤……

晚饭后去文化协会讲诗歌,回来后和沈仲章陈松出去吃宵夜。

四日　晴

　　上午去换了六百元国币,合港币一百零二元。回来写信给她,告诉她钱明天寄出。我又向她提议,请她最好能回香港来。如果她能来,我当每月至少给她百元零用。其实,如果她能回来,我有什么不愿意给她呢?我有什么事不愿为她做呢?又收黎庵信,云或将即来香港。

　　张君干约我下午去游泳,便和他一同到丽池去。在那里游泳,谈心并在海里划船。出来已八时许,他请我在新世界吃饭,又请我到皇后看电影,返已十二时许。

五日　晴

　　上午写信给丽娟,告诉她六百元分二封保险信寄,叫她收到与否均打电报给我。可是下午到邮局去寄的时候,出乎我意外的,邮局说国币不收了,说是刚从昨天起收到上海邮局的通知才这样办的。我很懊丧,但也庆幸着,因为这金钱如果昨天寄了,丽娟是一定收不到了。就在邮局中把上午写的信加了几句,说钱改明天寄出,寄港币百元,因为港币是可以寄的。当即将钱又换港币。

　　晚饭后去访亢德和林臧庐。在他们那儿坐了一时光景。亢德说月底光景回上海去,我就说想托他带箱子,可是他不大愿意,我也就不说下去了。臧庐送了我一部《战地钟声》。回来后又写信给丽娟,告诉她寄港币百元,这几天在报馆中听到上海将被封锁的消息,便在信上告诉了她,劝她早点来港,以免受难。

六日　晴

　　一早就去寄保险信,谁知今天是公共假期,寄不出,明天又是星期日，只得等到星期一。丽娟收到这笔钱，一定将在二十号左右了，奈何！

下午复了蛰存的信，请他多写文稿来。关于丽娟的事，我对他说我不愿多说（因为他问我详情如何），以及我相信她会回来的。

陈松法文进步了不少，只是读音读不好，照这样学下去四个月可以说法文了。龙龙甚懒，教了从不读，我也不太高兴教她了。

七日　晴

报馆出来后，在拔佳门口看看皮鞋，因为我的白皮鞋已有点破，而且也将不能穿了，先看一看，将来可以买，不意陈福愉正买了皮鞋出来，便拉我去他所住的思豪酒店去闲谈。他已进了星岛，所谈无非星岛的事。出来即乘车返，可是在车上遇到灵凤一家老小，他们是到大公司去饮冰的，邀我同去，便跟着他们一同去，饮冰后即返家工作。

八日　晴

一早就到邮政局把丽娟八月份的港币一百元保险寄出，心里舒服了不少，可是她收到一定要在二十号光景了。她一定要着急好几天了。为什么要让她着急呢，想着想着，我又不安起来了。以后还是多花一点汇费电汇给她吧。

从报馆里回来的时候，在邮箱里收到丽娟的九月一日发的信。她告诉我带去的衣料已收到，可惜今年已不能穿了。她说那件衣料她很喜欢。只要她能喜欢，我心里就高兴了。她叫我买两件呢衣料，当时我就到各衣料店陈列窗去看，可是因为香港天气还热，秋天的衣料还没有陈列出来，只得空手回来。回来时徐迟夫妇已去吃马国亮双胞胎的满月酒去了,想到丽娟信上叫我吃得好一点,趁他们出去吃饭,便吩咐阿四杀了一只鸡,一个人大吃一顿。说来也可笑,这算是听丽娟的话吧。

九日　晴

上午复了丽娟的信。报馆回来之后,忽然想起,我为什么不自己出版一点书赚钱呢?我有许多存稿可以出版,例如《苏联文学史话》,例如《西班牙抗战谣曲选》都是可以卖钱的,为什么不自己来出版呢?至少,稿费是赚得出来的,或再退一步说,印刷成本总不会蚀去的。所麻烦的只是发行问题。于是吃过夜饭后,便去找盛舜商量。他现在做大众生活社的经理,发行是有办法的。他一口答应给我发行,而且说一千本是毫无问题的,便很高兴地回来。现在,问题是在一笔印刷费。可是这也不成问题,星马可以欠账印。从明天起,我该把文学史话的稿子加以整理了。

十日　晴

今天从早晨九时起,一直到晚间二时止,整天地把《苏联文学史话》用原文校译着,只有在下午到报馆里去了一次。

报馆里出来的时候,我去配了一副眼镜,因为原来的一副已不够深,而且太小了。一共是九元,付了五元定洋,后天就可以取了。

十一日　晴

上午仍旧校读《史话》,校到下午三时,校毕。到报馆去的时候,就把稿子交给印刷部排。现在,这部稿子还缺两个附录。找到时再补排就是了。

我的还有一部可卖钱的稿子《西班牙抗战谣曲选》是在刘火子那里。可是他的微光出版部现在既已不办,我便可以向他索回来了。当时我曾支过版税国币一百元,合到港币也无几,将来可以还他的。问题是在于他现在肯不肯先把稿子还我。工毕之后,我便打电话约他到中华阁仔饮茶,和他商量这件事。他居然说可以,而且答应后天把稿子还给我。

创作要目

1921 年　在杭州结识施蛰存,发起组织"兰社",出版四开旬刊《兰友》。

与施蛰存、张天翼等人向上海出版的《礼拜六》、《半月》、《星期》等刊物投稿。

1922 年　5 月,文言小说《美人名字》发表于周瘦鹃主编的《半月》第一卷第十八号,署名戴梦鸥。

8 月,发表小说《债》,载《半月》第一卷第二十三号。

12 月,发表小说《卖艺童子》,载《半月》第二卷第七号。

1923 年　1 月 7 日,发表小说《母爱》,载《星期》第四十五号,连同《债》、《卖艺童子》是他仅有的三篇小说。

1926 年　3 月 17 日,与施蛰存、杜衡自费创办同人刊物——三十二开的《璎珞》,共出四期。首次用"望舒"笔名在《璎珞》旬刊第一期上发表诗《凝泪出门》。最早用"戴望舒"笔名发表的诗是刊登在《璎珞》上的《可知》(1926 年 4 月 7 日)。

1928 年　8 月 10 日,诗作《雨巷》、《夕阳下》、《静夜》,*Fragments*、《残花的泪》、《自家伤感》六首,载《小说月报》第十九卷第八号,其中《雨巷》反响较大,遂使他有"雨巷诗人"

之称。

9月10日,施蛰存编辑的文艺半月刊《无轨列车》创刊。戴望舒的诗作《路上的小语》、《夜是》刊在第一期。以后又在该刊陆续发表译诗和诗作。

12月,著名诗篇《断指》,载本月《无轨列车》第七期。

1929年　4月,第一本诗集《我底记忆》,由水沫书店列入"水沫丛书"出版。

10月,诗《祭日》、《到我这里来》,载《新文艺》第一卷第二号。翻译西班牙作家阿索林的作品《修伞匠》、《卖饼人》,载《新文艺》第一卷第二号。

1930年　3月15日,诗作《我们的小母亲》、《流水》,载《新文艺》第二卷第一期。

12月,论文《诗人玛耶阔夫司基的死》,载《小说月报》第二十一卷十二月号。

1931年　诗作《秋天的梦》、《老之将至》、《单恋者》等,分别载《小说月报》第二十二卷一、二月号。

10月,《村里的姑娘》等六首诗,载《小说月报》第二十二卷十月号。诗作《野宴》和《昨晚》,载《北斗》第一卷第二期。

1932年　5月1日,施蛰存主编的文艺月刊《现代》在上海创刊。戴望舒是主要撰稿人。诗作《过时》等五首及翻译西班牙作家阿索林的六篇散文,均载《现代》创刊号。又译法国作家阿保里奈尔的小说,第一次用"陈御月"笔名。

7月1日,诗四首《游子谣》、《秋蝇》、《夜行者》、《微辞》发表于《现代》一卷三期。

同月,《望舒诗论》,载《现代》第二卷第一期。

1933 年 3 月,自苏汶在《现代》第一卷第三号上发表《关于"文新"与胡秋原的文艺论辩》,以"第三种人"自居后,《现代》杂志展开了一系列的争论。鲁迅、瞿秋白、冯雪峰、周扬等人著文对苏汶的观点进行批驳。戴望舒写关于法国作家纪德演讲的报道《法国通信》,从法国寄回,载《现代》第三卷第二期,其中也表示同意"第三种人"的观点。

3 月 23 日,在法国写成《关于文艺界的反法西斯谛运动》,6 月 1 日发表于《现代》三卷二期。

8 月,在国外编定的第二本诗集《望舒草》由上海现代书局出版。杜衡作序,共收诗四十一首,并附"诗论零札"十七条。

1935 年 10 月,主编的《现代诗风》问世。诗作《古意答客问》、《灯》、《秋夜思》、《霜花》四首,载《现代诗风》第一期。

1936 年 1 月—3 月,《西班牙旅行记》(一至四)陆续载《新中华》第四卷第一、二、五、六期。

10 月,与徐迟、路易士(纪弦)等人筹办"新诗社",诗刊《新诗》创刊。邀卞之琳、孙大雨、梁宗岱、冯至同为编委。翻译法国诗人许拜维艾尔八首诗,载《新诗》创刊号,并发表《记诗人许拜维艾尔》一文。

11 月,翻译法国诗人沙里纳恩的六首诗,载《新诗》第二期,并写了《关于沙里纳恩》一文。同月,去杭州西湖孤山看望金克木,同游灵隐寺,谈主编《新诗》杂志的事,回沪后作《赠克木》一诗。

| 1937 年 | 1 月,第三本诗集《望舒诗稿》,由上海杂志公司出版。收诗六十四首,选自《我底记忆》和《望舒草》两本诗集,并附录《诗论零札》和《法文诗六首》。诗《古神祠前》载上海《大公报·文艺》第二二六期。诗《夜蛾》,载《新诗》第四期。

3 月,翻译西班牙诗人阿尔陀拉季雷五首诗,载《新诗》第六期,并写了《关于阿尔陀拉季雷》。散文《都德的一个故居》和《巴黎的书摊》,载《宇宙风》。|

1938 年　金仲华在香港主编《星岛日报》,邀戴望舒编文艺副刊《星座》。在这块阵地上,戴望舒发表宣传抗日的诗文,并刊登其他作家、诗人的进步文学作品。

1939 年　1 月 1 日,以满腔激情写了歌颂祖国和人民的诗篇《元日》。

1941 年　春,在《星座》副刊上辟"俗文学"专栏,每周一期,戴望舒于此发表了许多关于中国古典小说、戏曲的研究文章。

1942 年　4 月 27 日,在牢狱里,写下了诗篇《狱中题壁》,抒发了他眷恋祖国和视死如归的心情。

7 月 3 日,写诗《我用残损的手掌》。

1943 年　1 月 28 日,写诗《心愿》。

12 月 31 日,写诗《等待》。

1944 年　连续写出情绪激昂的诗章《等待其二》、《过旧居》、《示长女》、《萧红墓畔口占》等。

1945 年　1 月 16 日,在香港遭到大轰炸时,对日军的暴行表示了极大的愤怒,写下《口号》一诗,以示抗议。

1946 年　本年,在《文艺春秋》等刊物上发表不少诗作和译作。

1948年　2月,第四本诗集《灾难的岁月》,由上海星群出版社出版。

5月,因新陆师范专科学校校长诬告,遭国民党当局通缉,被迫离沪,再次赴港,寄居罗便臣道叶灵凤家。写了散文《山居杂缀》,表达自己思念祖国的心情。

郑成志

图书在版编目(CIP)数据

戴望舒精选集/戴望舒著.－北京:北京燕山出版社,2015.5
ISBN 978-7-5402-3783-7

Ⅰ.①戴… Ⅱ.①戴… Ⅲ.①诗集-中国-现代 ②散文集-中国-现代 Ⅳ.①I216.2

中国版本图书馆 CIP 数据核字(2015)第 082999 号

戴望舒精选集

戴望舒 著
编 选 者／郑成志
责任编辑／张红梅
装帧设计／小　贾
北京燕山出版社出版发行
北京市西城区陶然亭路 53 号　邮编 100054
全国新华书店经销
北京盛源印刷有限公司印刷

开本 850×1168　1/32　印张 9　字数 260,000
2015 年 6 月第 1 版　2015 年 6 月第 1 次印刷

定价:32.00 元

版权所有　盗版必究